皇子の愛妾

—熱砂の婚礼—

CROSS NOVELS

秋山みち花

NOVEL:Michika Akiyama

せら

ILLUST:Sera

CROSS NOVELS

CONTENTS

CROSS NOVELS

CONTENTS

CROSS NOVELS

皇子の愛妾

―熱砂の婚礼―

秋山みち花

Illust せら

Presented by Michika Akiyama with Sera

†

『アルト、君はほんとに可愛い子だ』

低音の音楽的な囁《ささや》きを落とされて、白河悠斗《しらかわはると》はびくりと身体を震わせた。

身につけているのは、ペルシャの踊り子が着る煌《きら》びやかな薄物の衣装だ。もともと肌の露出度が高いうえ、あやしく透ける生地は、まったく身体のラインを隠す役には立たない。

豪華なスイートルームは、甘やかな薔薇《ばら》の香りに包まれていた。

天蓋《てんがい》から白い紗《しゃ》のカーテンがかけられ、重厚かつ優美なベッドを覆っている。

このうえなくロマンチックな褥《しとね》で、悠斗は長身の男とふたりきりで横たわっていた。

夢の中から現れた王子のように、豪奢《ごうしゃ》な金髪がやわらかな照明を受けて輝いていた。輪郭や高い鼻筋も完璧《かんぺき》に整い、高貴で冒しがたい気品に溢《あふ》れた美貌《びぼう》。そして、どこまでも澄みきって、一度眼差《まなざ》しを合わせたら、深淵《しんえん》まで吸い込まれてしまいそうになる青い、青い瞳……。

もし、この世に運命というものがあるのなら、悠斗は今まさしく、その運命を受け入れようとしているところだった。

初めて訪れた異国の街で、夢の中の王子と運命的な出会いを果たした。

だから、彼がそう望むなら、この身を捧げたいと思う。

拒む理由などない。

これは運命の恋、なのだから——。

『アルト』

彼の唇から漏れる名前は、自分のものではないようだ。

フランス語の発音だと『HARUTO』の最初の『H』が省略されて『ARUTO』になる。

フランス語ができない悠斗は最初、誰か他の人の名前だと思っていた。でも、今では彼にそう呼ばれるたびに、胸の奥がじわりと熱くなる。

『リュシアン……』

優しい呼びかけに、悠斗は掠《かす》れた声で応えた。

『震えているね？　私が怖い？』

上から覆い被《かぶ》さったリュシアンが、気遣うように頬《ほお》に触れてくる。

悠斗はゆっくり首を左右に振って、リュシアンの青い瞳を見つめた。

『怖くない……。ちょっと恥ずかしいだけ』

本当は英会話だって得意じゃない。たどたどしくても懸命に気持ちを明かすと、リュシアンが極上の微笑みを見せる。

『本当に可愛《かわい》いことを言う。大丈夫だ。できるだけ優しくしよう。君を傷つけたくはない。優しく可愛がってやりたいだけだ』

宥《なだ》めすかすように頬を撫《な》でられた。

リュシアンの手はそっと耳朶《じだ》にも触れ、そのあと項《うなじ》に指を這《は》わされる。

「んっ」

悠斗はそんな僅《わず》かな刺激にも、甘い吐息をこぼした。

リュシアンの指を感じただけで、身体中が熱くなっていく。皮膚の表面が焼けつくように、ぴりぴりと過敏に反応した。

『とてもきれいな肌だ。まるでシルクのようにすべすべしている。それに、ここも……すごく可愛い』

囁いたリュシアンが、するりと掌《てのひら》を下降させ、小さな胸の粒を摘《つま》み上げる。

「あ、っ」

悠斗はひときわ大きく身体を震わせた。

『アルトは感じやすいね』

くすりと含み笑うように指摘され、さらに羞恥《しゅうち》が増す。

男の手で愛撫《あいぶ》され、こんなに恥ずかしい反応をしてしまうとは、自分でも信じられない。

悠斗は奥手で、大学四年の今日になるまで、恋人と呼べるような人はいなかった。それでも、いつかは普通に女の子と恋をして結婚するものと思っていたのだ。

まさか自分が男に抱かれる日が来るとは、想像したことさえなかった。

でも、男同士で抱き合う禁忌は、リュシアンに甘く口づけられた瞬間にあっさりと消え去った。

『アルト』

『リュシアン……』

互いの気持ちを確かめるように、見つめ合って名前を呼ぶ。

これは運命の恋だ。

だから男同士であっても、こうして抱き合うことが、とても自然に思えた。

リュシアンの手で肌を探られ、びくびく身体を震わせているうちに、あらぬ場所にも熱が溜まっていく。

踊り子の衣装は、ビキニの上下にゆったりしたズボンを組み合わせた形状だ。ふんわり足を覆うボトムは極めて薄い生地で、縦に何本もスリットが入っている。だから簡単に中まで手を挿《さ》し入れられてしまう。

胸と腰を覆う部分には金糸を多用し、細かなビジューもたくさん縫いつけられている。煌びやかだが、伸縮に富んだ素材の衣装は吸いつくように身体にフィットして、下肢が変化したのを隠しておけなかった。

死にそうなほど恥ずかしいのに、スリットから手を入れたリュシアンは、辛うじて中心を覆っていたその小さな布まで取り除《の》けてしまう。

剝《む》き出しになった中心を大きな手でやんわりと握られた。

「ああっ！」

鋭い快感が突き抜けて、悠斗はひときわ高い声を上げた。

『いやじゃないようだね、ここがもう濡《ぬ》れている』

リュシアンはくすりと笑いながら、悠斗の張りつめた中心を揉《も》みしだく。

「あっ、ああっ」

頭頂まで突き抜けるような鋭い快感に襲われ、リュシアンの指摘どおり、先端からじわりと蜜《みつ》が溢れてくるのがわかる。

恥ずかしい反応に、逃げ出してしまいたくなった。けれどもリュシアンの手で根元からゆっくり擦《こす》り上げられただけで、恐ろしいほどの快感に襲われる。

「ああぁっ、や、んっ」

悠斗は豪華なベッドの上で、リュシアンの思うがままに淫《みだ》らな声を上げ続けた。

あまりに快感が強すぎて怖くなると、やわらかく音楽的な声で宥められる。

『アルト、可愛いアルト……好きだよ』

鼓膜を直接震わせる甘い囁きは、まるで魔法のように悠斗を別世界へと誘《いざな》った。

身体中に触れられて、余すところなく肌に口づけられる。

淫らに張りつめた中心までリュシアンの口で咥《くわ》えられ、秘めた場所も長い指で探られた。

「あ、ああっ……あ、ふっ」

身体中が燃え盛っているようで、息をするのも苦しい。

どこを愛撫されても恐ろしいほど感じた。

リュシアンの手で、今まで知らなかった官能を余すところなく引き出される。

恥ずかしくてたまらないのに、悠斗は自分からリュシアンに抱きついて、腰をくねらせるような真似《まね》までしていた。

『アルト、君を愛せて幸せだよ。もっと乱れてごらん。快感に身を委《ゆだ》ねている君は、とてもステキだ』

甘い囁きを貰《もら》うたびに、身体の奥深くから熱い衝動が噴き上げてくる。

リュシアンは上着を脱いで、シャツのボタンを外しただけ。

悠斗はそのリュシアンのシャツを両手で握りしめて、快感に耐えていた。

「うくっ……うぅ……あ、あぁ」

感じすぎて涙が溢れる。

もう、これ以上はおかしくなる。

とても我慢できず、悠斗がひときわ大きく胸を喘《あえ》がせた時だ。過敏になった下肢に、熱く滾《たぎ》ったものが押しつけられた。

『力を抜いて、アルト。もっと君を愛したい。いいね？』

「や、あぁ……」

当たっているのはリュシアンの情熱だった。

後孔はすでにリュシアンの指でとろとろに蕩《とろ》かされている。

でもリュシアンはあまりにも大きくて、これで貫かれるかと思うと少し怖かった。

『大丈夫だ、アルト……すぐに気持ちよくなるから……さあ、私を奥まで迎え入れてくれ。君のすべてを知りたい』

リュシアンは優しく宥めるように囁きを落とす。

でも悠斗には答える隙さえ与えず、強引ともいえる手つきでしっかり腰を抱え直した。

「やっ」

両足を高い位置で大きく開く淫らなポーズを取らされ、悠斗ははは首を振った。

リュシアンはふっと微笑んだだけで、その両足の間に身体を進めてくる。

蕩けた入り口に、ぬるりと滾ったものが密着した。

次の瞬間には、硬い切っ先が中までねじ込まれる。

「あ……くぅ……うぅ」

リュシアンは狭い場所を強引に割り開き、容赦なく奥まで進んでくる。

巨大なもので犯される痛みに、ぽろりと涙がこぼれた。

『可愛いアルト、泣かないで』

リュシアンの指で涙を拭《ぬぐ》われ、悠斗は懸命に微笑み返した。

大きなものを無理やり受け入れさせられて苦しいけれど、これでリュシアンとひとつになった。

これは運命の恋――。

だから、リュシアンと結ばれたことが、この上なく嬉《うれ》しかった。

『あ、愛してます……リュシ、アン……あ、くっ』

吐息をつくように告げたとたん、リュシアンにきつく抱きしめられる。

『アルト』

最初はゆっくりと奥を探るように、それから徐々に大胆に内壁を抉《えぐ》られた。

何もかも初めての悠斗は、すぐに快感の波にのまれ、わけがわからなくなった。

愛してます、リュシアン――。

何度も何度も、それだけを囁きながら――。

†

1

パリの青い空を背景に、真っ白に輝くサクレ・クール大聖堂。モンマルトルの丘に建つ聖堂を前に、白河悠斗は途方に暮れていた。

「今回の旅行、やっぱりキャンセルすればよかったかも……」

ぽつりと呟《つぶや》いてみても、今さら仕方ない。

悠斗はほうっとため息をつきながら、サクレ・クールへの階段に腰を下ろした。

写真プリントの入った白Tシャツにジーンズ。上にデニムのジャケットを羽織っている。キャメル色のキャンパス地のバッグを斜めがけにした格好は、大学生としてはごく一般的。しかし、悠斗はかなり人目を引く顔立ちだった。

さらりと癖のない髪に縁取られた顔は、全体的に華奢《きゃしゃ》なつくりで、今のように元気のない時は、見かけた者をどきりとさせるほどきれいに整っていた。

観光客で賑《にぎ》わう丘でひとり沈んでいるのは、今回の卒業旅行が予想外な成り行きに見舞われてばかりだからだ。

悠斗は大学四年生。就職も無事に内定が貰えて、友人の田島《たじま》と少し早めの卒業旅行に行く計画を立てた。

行き先をパリにしたのは、田島の希望だったからだ。社交的な田島は他の友人にも声をかけ、六人でのグループ旅行となるはずだった。

ところがアレンジを引き受けていた田島が、実家で母親が入院したとかで、直前に旅行をキャンセルすることになってしまったのだ。

田島以外のメンバーは、大学の講義で時々顔を見かける程度で、悠斗自身が親しくしている者はいない。中心となる田島が抜けるなら、自分も旅行をやめたほうがいいだろうかと、悠斗は迷った。

しかし、その田島が悠斗をけしかけたのだ。

——おまえまでドタキャンすることないさ。他の連中もいい奴だぜ？　まったく知らない仲ってわけでもねぇんだから、大丈夫だろ。それに、おまえには特別にやってきてほしいことがあるんだ。だから、キャンセルするなんて言うなよ。

田島の要望とは写真撮影だった。

田島はデザイン会社に就職が決まっているが、将来は漫画家になりたいとの望みがあって、以前から出版社への投稿を続けていた。その漫画の背景に使う資料を集めておきたいから、行けなくなった自分の代わりに写真を撮りまくってきてくれと、頼まれたのだ。

田島の言では、他の四人のメンバーは写真を撮るようなタイプじゃないそうだ。

どういう意味かわからなかったが、おそらく田島なりの気遣いだったのだろう。自分につき合って、悠斗までドタキャンすることはないと……。

いずれにせよ、出発日が迫ってからだと、かなりのキャンセル料が発生する。なんとなく気詰まりだという理由だけで高額の支払いをするのは、学生の身分ではあり得ないことだった。

それに悠斗自身もパリには憧《あこが》れを抱いていたのだ。

今回の旅行のメインテーマは美術館巡り。田島は既存のツアーを使わず、ホテルも自分でアレンジしていた。あちこち足をのばさずに、じっくりとパリに腰を据え、片っ端から美術館を見てまわろうという計画だった。

自分で描くところまではいかないが、絵を見るのは好きだ。パリにはルーブルや近代美術館以外にも、魅力的な美術館がたくさんある。

そうして悠斗は、他のメンバーにくっついて行く形でパリへと向かったのだ。

滞在予定は十日間。

最初の三日は田島が立てたスケジュールどおりに、メンバー全員で美術館をまわった。まずは大物の制覇ということでルーブルに二日をかけて、その翌日は近代美術館。

素晴らしい名画を直接目にできる感動で、悠斗は旅行をキャンセルしなくてよかったと、心から思っていた。

ところが四日目の朝、順調だったはずの旅行に思わぬ変化があった。突然他のメンバーから旅程を変更したいとの申し出を受けたのだ。

田島が押さえてくれたのはガイドブックで星ひとつという格安料金のホテルだったが、古くとも落ち着いた造りで居心地はそう悪くなかった。

朝食は一階に設《もう》けられたカフェで取るようになっている。席数は二十に満たない小さなもので、悠斗のグループの他に初老の男性客が三人だけテーブルについていた。

悠斗たちは皆で大きめのテーブルを囲み、焼き立てのクロワッサン、バターとアプリコットジャムを添えたバゲット、そしてなんの変哲もない白のボウルに注がれたカフェオレという朝食を取っていた時だ。

四人のメンバーでいつも中心になっている佐藤《さとう》が、突然のように口を開いた。

「白河、悪いんだけどさ。俺ら、もう美術館には飽き飽きなんだ」

「え?」

悠斗はカフェオレのボウルをテーブルに戻し、首を傾《かし》げた。

「でさ、ちょうどパリにいる知り合いが、暇ができたから車で案内してくれるっつうんだ」

「車で案内?」

悠斗にはまったく事態がのみ込めなかった。

他の三人にはすでに話がとおっているようで、じっと聞き役にまわっている。

「ああ、そうだ。パリから出て、あちこちまわってくれるって」

「えっ、それじゃ、美術館巡りはやめにするってこと?」

驚いた悠斗が訊き返すと、佐藤は気まずそうに横を向く。

「えーと、それなんだけど、実は五人乗りの車なんだ」

「五人乗り？」

他のメンバーも関《かか》わり合いにはなりたくないといった様子で、あらぬ方向を眺めている。

悠斗は、それでもまだ佐藤が何を言いたいか、ぴんとこなかった。

「悪いけど、今日からおまえとは別行動ってことで、よろしく」

「えっ？」

ようやく話の意味を理解した悠斗は、呆然《ぼうぜん》となった。

五人で一緒にパリへ来たのに、これからは別行動？

これからひとりでいろということか……。

どうしよう……。

考えがまとまらず、ぼうっとしている間に、他の四人はそそくさと席を立つ。

「そろそろ迎えが来るから、俺らはもう行くな？」

「白河なら大丈夫さ。おまえ、美術館好きなんだろ？　田島が作ったスケジュールどおりにまわればいいじゃん」

「最終日にはまたここへ戻ってくっからさ」

「じゃあな、白河。パリには悪い奴も多そうだから、気をつけろよ」

四人はそれぞれ慰めともつかないような言葉を残し、部屋へと引き揚げていった。

悠斗にはどうしようもなかった。

彼らを追いかけていって計画を無視するなと怒っても仕方ないし、車が小さいならレンタカーを借りるという方法もあるぞと提案しても無意味だろう。

自分は切り捨てられたということだ。

だが、突然ひとりで取り残されて不安が募った。

フランス語はまったくわからない。それに英会話だって片言程度。そんな状態なのに、ひとりでパリを見てまわれる自信はまったくなかった。

やっぱり田島がキャンセルした時、自分も旅行を諦《あきら》めておけばよかったかもしれない。

しかし、今さらそれを後悔しても始まらない。

悠斗は大きくため息をついた。

不安はあるが、現実を受け入れて、このの行動を決めるしかないだろう。

自分はもうパリにいて、予定を早めて帰国するわけにはいかない。だとすれば、前向きに気持ちを切り替えて、残りの滞在を楽しむしかない。

そう、初めからひとりで旅行に来たと思えばいいのだ。

そうして悠斗は、田島の計画書どおりに美術館巡りを進めることにしたのだった。

しかし、いくら気分を高揚させても、いきなりひとりにされた寂しさを感じる。

絵を見てまわっている時はよかったが、食事をひとりで取るのはやはり侘《わび》しい。

「駄目だな、こんなことじゃ」

石段の途中でへたり込んでいた悠斗は、自らを鼓舞するように、よいしょと声をかけて立ち上がった。

今日の予定はほぼ消化したので、あとは田島に頼まれた写真を撮るだけだ。

モンパルナスはアーティストの集まる場所として有名で、石畳の通りにはキャンバスを立てかけて絵を描いている者が大勢いた。観光客相手の似顔絵描きも多く、前をとおると盛んに声をかけてくる。

悠斗はデジカメを取り出し、そんな街の様子を次々と写真に収めていった。

†

「いけない。すっかり暗くなってしまった」

悠斗がそう呟いたのは、濃いオレンジ色だった空が薄闇《うすやみ》色へと変わった頃だ。

モンパルナスからずっと写真を撮りながら歩いてきた。

地図はなんとなく頭の中にあったが、街灯が灯《とも》された街はまったく違って見える。

悠斗は一瞬、自分がどこを歩いていたかを見失い、不安に駆られた。

いつの間にか、通りの雰囲気もがらりと変わっている。

派手なネオンが煌めく店が連なり、その前に扇情的な格好をした女性たちがぽつりぽつりと立っていた。歩道を歩く男が、その女性たちに声をかけられて、値踏みでもするような視線を這わせている。

いくら奥手の悠斗でも、さすがにここがどういう種類の通りか察しがついた。

「まずいな。メトロの駅、どこだろう？」

慌ててあたりに目をやったが、それらしい場所は見つからない。

ぼやぼやしているうちに、悠斗に目をつけたらしい白人女性が、からかうような笑みを浮かべながら近づいてきた。

真っ赤になった悠斗は慌てて後ろを向いた。

その時、運悪く白人の大柄な男にぶつかってしまう。

勢いで転びそうになったところを、ぐいっと手をつかまれて助けられた。

『大丈夫かい？』

男は四十代ぐらい。フランス人ではなく観光客のようで、英語で話しかけられた。

なので悠斗も、ほっと息をつきながら英語で礼を言った。

『あ、ありがとうございます。すみません』

だが、男はなかなか悠斗の手を離してくれない。

怪訝《けげん》に思って首を傾げた時、とんでもないことを訊《たず》ねられた。

『君はいくらだい？　ここに男の子もいるとは知らなかった。私はどちらかといえば、可愛い男の子のほうが好みでね。ドラマチックな出会いの演出も気に入った。君みたいに可愛い子なら、多少高くてもＯＫだ。希望どおりの値を払ってあげよう。オールナイトでいくらだい？』

「えっ？」

とっさには男の言葉が理解できず、きょとんとなる。

けれども首筋に手を当てられ、思わせぶりに撫でられるに及んで、悠斗は遅ればせながら、ぎょっとなった。

男娼《だんしょう》に間違われている！

「ち、違います！」

悠斗は大声で叫んで、男の手を振り払った。

『君の言うとおりに払うと言ってるんだ。何が気に入らない？』

だが、男はまだ未練たらしく肩をつかんでくる。

『ＮＯ！』

悠斗はそう叫びざま、その場から全速力で逃げ出した。

ここはそういう地区なのだ。

とにかくこの通りから離れるのが先決だと、方角も確かめず夢中で走り続けた。

石畳の通りを息が上がるまで駆けとおし、ようやく立ち止まって斜めがけバッグから携帯端末を取り出す。

心臓がまだ激しく動悸を刻み、足もがくがく震えているが、それでも悠斗は、自分自身に向かって懸命に言い聞かせた。

落ち着け。これぐらいで慌てることはないんだ。

冷静に現在地を確認して、メトロの駅を探せばいい。そして、少し慣れてきたホテルの近くで夕食を取ればいい。もし、メトロがわかりにくければ、タクシーでホテルに帰る。

こんなの事件のうちにも入らない。だから、大丈夫。

悠斗は大きく深呼吸して、端末の地図を覗《のぞ》き込んだ。

だが、その時、ドンと背中に衝撃を受けて前につんのめる。

「ああっ」

次の瞬間、肩にかけていたバッグを引ったくられた。

日中、街歩きをする時は、スリには充分に気をつけていた。なのに男娼と間違われ、必死で逃げ出してほっとした、一瞬の隙《すき》を突かれたのだ。

悠斗のバッグを奪ったのは、まだ十二、三歳ぐらいの少年だった。

バッグのベルトをつかみ、脱兎《だっと》のごとく逃げていく。

「待て！　泥棒！　ぼくのバッグ、返せよ！　誰か助けてください！　あいつを捕まえて！」

悠斗は大声で叫びながら、子供の泥棒を追いかけた。

もっと冷静だったなら、スリを追いかけたりはせず、警察を見つけて駆け込んでいただろう。

こんな状況で深追いなどすれば、それこそ危険かもしれない。

しかし、この時の悠斗には、そこまで考えている余裕はなかった。

少し前にも全力疾走したばかりで体力を消耗している。どんなに頑張っても子供の足にはとても追いつけず、距離を空けられる一方だ。

「頼むから、返してくれよ」

現金は二つに分けていたが、パスポートとクレジットカードが入った財布はバッグの中だ。

警察で被害届を出し、カード会社に連絡。それからパスポートの再発行を申請する。盗まれたあとに待つのは、気が遠くなるほど面倒なことばかりだ。

「誰か、捕まえてください!」

悠斗は自分が日本《にほん》語で叫んでいるという自覚もなく、必死に走り続けた。

だが、そろそろ体力の限界だ。そして最後の力を振り絞ろうとした時に、決定的に悠斗を邪魔するかのごとく、横道から車が飛び出してきた。

「ああっ」

危うく轢《ひ》かれそうになった悠斗はとっさに身を退いた。勢いをつけすぎて尻餅《しりもち》をついたが、なんとか怪我《けが》はせずにすんだ。

急ブレーキをかけて停《と》まったのは、ワゴン車を改造したオープンカーだった。

フロントとサイドドアに、片方だけ白い羽を広げた天使のイラストが描かれている。そして車から顔を出していたのは、踊り子のような一団だった。せいぜい七、八人が乗車限度と思われるところに、十人以上がひしめき合っている。

『ごめん、ごめん。可愛コちゃん。大丈夫だった？　怪我はない？』

身軽に車から飛び降りてきたひとりがそう声をかけてくる。

「えっ？」

背の高い女性だとばかり思っていたが、金髪の長い鬘《かつら》をつけ、濃い化粧を施した男だった。でもしなやかな筋肉に覆われた身体につけているのは、アラビアンナイトに出てくるような薄物の衣装だ。踊り子のコスプレといったところか、腰骨から下の部分はさすがに透けてはいないが、上半身はほとんど剝き出しに近い。

あっけに取られ、ぼうっとなっている間に、悠斗はぐいっと手を引かれて起き上がらされた。

『怪我はない？　急に飛び出してくるからびっくりした』

『え、ああ……すみません。ぼく、慌てて……あっ』

悠斗はそこでやっと泥棒のことを思い出した。

急いで通りの向こうに目をやったが、すでにバッグを盗んでいった子供の姿はない。

悠斗は大きくため息をついた。

これから発生する様々な手続きを想像すると、憂鬱《ゆううつ》になってくる。

『元気ないね。どうかしたの？』

踊り子のコスプレをした男は、心配そうに訊ねてくる。

やわらかい物言いと仕草にしなをつくっている雰囲気から、もしかしたらゲイの人なのだろうかと、ぼんやり思う。

でも、今はそれどころではない。

頭を軽く振った悠斗は、説明を試みた。

『あの、警察どこですか？』

『警察？』

『ぼく、バッグを盗まれたんです』

『いつ？　もしかして、慌ててたのはバッグを盗まれたせい？』

『はい……犯人の子供を追いかけてて……でも、逃げられてしまいました』

『犯人は子供だったの？』

親切な男に、悠斗は犯人の特徴をぎこちなく説明した。

幸いにも男は英語が堪能《たんのう》で、へたな説明でも一生懸命に理解しようとしてくれている。

『子供か……もしかしたら、あいつらかも』

男は顎《あご》に手を当てて、何か考えている。

『犯人に心当たりあるんですか？』

『うん、ちょっとね。待ってて。今、仲間に確認してみる』

男はそう言って、車に乗った仲間にフランス語をまくし立て始めた。

悠斗にはさっぱりだったが、犯人の心当たりを訊いてくれている様子だった。

まるで弾丸が飛び交うような速さで会話が進み、しばらくして男がくるりと振り返る。

『大丈夫。君のバッグはきっと取り返せる』

『ええっ、ほんとですか？』

驚きのあまり、悠斗は目を瞠《みは》った。

踊り子の男は、にやりと会心の笑みを浮かべる。

『君のバッグはぼくらが必ず取り戻してあげよう。仲間のひとりがこの界隈《かいわい》を縄張りにしているガキどものグループを知ってるんだ。君は日本人？　それとも中国《ちゆうごく》人？』

『ありがとうございます。ぼくは日本人の大学生です。パリに旅行に来てて』

『そうか、日本人ね。ちょっと待ってて』

男はそこまで言って、再び仲間に何か伝える。

「ジャポネ」と聞こえたので、悠斗のことを話題にしているのだろう。

今朝は仲間に置いてけぼりにされ、男娼に間違われたあげく、スリにまで遭って、最後はあわや交通事故。

なんてついてない日だろうと思ったが、最後の最後に親切な人たちに出会えて本当によかった。

ほっと胸を撫で下ろしていると、男が再び話しかけてくる。

『ぼくはラファエル。君の名前は？』

『悠斗。白河悠斗です』

『アルト？』

『いえ、ハルトです』

悠斗はゆっくりとした口調で訂正した。

『だから、アルトだろ？　ハルトはちょっと言いにくい。ほら、フランスでは単語の先頭にあるHを抜かして発音するから。ホテルはオテル。だから君はアルト』

『はあ、そうなんですか』

悠斗がそう応じると、ラファエルと名乗った男が思わぬ提案をしてくる。

『それでね、アルト。ちょっと提案なんだが、君、ぼくたちを手伝ってくれないか？』

『手伝い、ですか？』

『そう。ぼくらはこれからあるパーティーに呼ばれてるんだが、面子《メンツ》がひとり欠けてしまったんだ。約束した人数に足りないと、次にはもう仕事が貰えなくなるかもしれない。だからね、よければだけど手伝ってくれない？　もちろんバイト料は出すよ』

『でも、何を手伝うんですか？』

ラファエルのエキセントリックな衣装に不審を覚え、悠斗はつい眉《まゆ》をひそめた。

『ぼくらは全員ダンサーだ。でも、君はもちろん踊る必要はない。用意した衣装を着て、舞台の真ん中で眠っているふりをしてくれればいい。今思いついたけど、君は眠れるお姫様って設定だ』

『ええっ、舞台に出るんですか?』

悠斗は驚いて訊ね返した。

オープンカーから様子を見ていたラファエルの仲間たちが、すかさず囃《はや》し立ててくる。

『君なら絶対可愛いお姫様になる』

『うん、アルトならお姫様役にぴったりだ』

口笛を吹いたりクラクションを鳴らす者までいて、大変な騒々しさだ。

街のど真ん中でこんなに騒いでいていいのだろうかと、悠斗はよけいなことまで心配になってきた。

だが、ショーが終わる頃には君のバッグが戻ってくるよと言われ、結局は彼らの仕事を手伝うことにしたのだ。

親切にしてもらった。それにバッグも戻ってくる。となれば、困っているらしい彼らを無視してホテルに戻るわけにもいかない。コスプレするだけで恩返しになるなら、恥ずかしさは我慢するしかなかった。

ラファエルの仲間たちがショーを行う舞台は、驚いたことにパリの郊外にある正真正銘の城だった。

†

パリ市内には宮殿がいくつもある。ルーブル美術館も元は宮殿だ。でも、実際に人が暮らしている宮殿を見たのは初めてだった。

ラファエルらは裏手にある通用門から宮殿の中へと入ったが、門の警備は厳重だった。

『堕天使《だてんし》か。とおってよし』

車を隅々まで調べられて、ようやく許可が出されたが、警備員はゲイの舞踊団を馬鹿にしたように笑っていた。

彼らと一緒にぎゅうぎゅう詰めにされていた悠斗も一員に見られたわけだ。しかし、悠斗は恥ずかしいというより、おかしな差別をする男にむしろ怒りを覚えた。

グループの名前は「堕天使」。ラファエルをはじめ、ミシェルやガブリエルなと、メンバーは皆、天使の名を芸名にしている。

今夜はこの宮殿の主《あるじ》が賓客を迎えるために華やかなパーティーを催し、演目のひとつとして、創作舞踊を演じるのだという話だった。

控え室に案内され、いよいよ悠斗も衣装を着ることになる。

しかし渡された薄物の生地を見て、悠斗は思わず尻込《しりご》みした。

メンバーはすでに全員が衣装を身につけている。悠斗のものもきらきらした踊り子の衣装だったが、他のメンバーとは微妙に違う気がする。

『あの、ラファエル……これ、ほんとに着るの？』

『あ、手伝ってほしい？　着方わかんない？』

『そうじゃなくて、すごく透けてるから……』

『大丈夫、大丈夫。アルトは足のラインがきれいだから、見せつけてやればいいのよ』

あっさりとあしらわれ、悠斗はため息をついた。

一度引き受けてしまったのだ。今さらやめたいなどと言えば、ラファエルたちを困らせてしまうことになる。

悠斗は仕方なく、渡された衣装に袖《そで》をとおした。

悠斗の役はお姫様。最初に挑発的な下着をつけてから、完全に透けているふわりとしたズボン状のものを穿《は》く。上はもっと挑発的で、ビキニのトップのような胸当てをするだけだ。男性だけの舞踊団なので、胸に詰め物まではされなかったので少しはほっとしたが、なんとも恥ずかしい格好だった。

上半身にはズボンと同じ透ける生地のストールを巻きつけるが、身体のラインを隠すところまではいかない。

髪や首、それから腕や手首、足首にも派手な飾りをつけ、最後に薄く化粧を施されて、ようやく準備が整う。

『わお、思ったとおり、すっごく可愛いわ』

『アルト、最高』

出来上がったお姫様姿を見て、メンバーは皆歓声を上げる。

ちらりと鏡を見てみたが、悠斗は恥ずかしいだけだった。

『本当にステージで眠ったふりしてるだけでいいの？』

衣装はつけてみたものの、悠斗は無様な真似をして皆の足を引っ張らないか心配だった。

ステージに上がるなど、小学校の学芸会以来だ。

『大丈夫だって。最初はぼくがアルトの手を引いて、所定の位置まで連れていく。そこで横になって寝てるだけでいいよ。最後はぼくが君を起こしに行く。その時、ちょっとだけ君を抱きしめてキスするふりをするけど、びっくりしないで』

『はい、わかりました』

『緊張しない！』

ラファエルはそう言って、かなり強く悠斗の背中を叩《たた》く。

「あっ」

痛みを感じたのは一瞬で、そのあとはふっと身体の力が抜ける。

ここまでくれば、逃げ出すわけにもいかない。

見ているお客さんはみんな南瓜《かぼちゃ》。ぼくは舞台で寝ているだけでいい。

悠斗は自分自身に暗示をかけながら、突然のステージへ向かうことになったのだ。

けれどもそこで待っていたのは運命の相手だった。

偶然の出会いに導かれ、悠斗が時ならぬステージへと引き出されたのは、すべてが運命のなせる業《わざ》だったのだ。

2

中東シュバールの皇子、アーキム・ファイサル・イブン・アサド・アル・シュバールは退屈しきっていた。

シュバールの王位継承権第一位の持ち主であるアーキムは、国の外交政策の一環でパリを訪れていた。現国王である父の名代として、数々の公式行事に列席するためだ。

またフランスには、ビジネスで深い関係にある財界人も多く住んでいる。公務の間に彼らを訪問する予定も組んでいた。

シュバールは産油量が豊富で、オイル関連事業を円滑に執り行うだけでも、国庫は充分に潤っていた。だが、シュバール王国の未来を思えば、オイルだけに頼るやり方はしていられない。王室が率先して外貨獲得のビジネスを行い、アーキムはその多くの事業を管理する立場だった。

滞在予定は一週間。

けれどもその二日目に、スケジュールに齟齬《そご》が生じた。今回一番の訪問先だった元貴族の財界人が急遽《きゅうきょ》心不全で倒れ、予定していた三日間の会談がすべてキャンセルとなってしまったのだ。

アーキムのスケジュールに、三日も穴が空くことなど滅多にない。

一日置きに、専用機でパリとシュバールを往復する。それでもよかったのだが、アーキムの身体を案じた側近たちがそれとなく進言してきた。

——このところ過密なスケジュールが続いておりました。殿下もさぞお疲れのことと存じます。たまには公務を離れ、ゆっくりお過ごしになられてはいかがですか？

確かにぽっかり空いたスケジュールの穴を、私的な休暇に使うのはいいアイデアだ。

アーキムはそう思って、側近たちの勧めに従った。

しかしパリでのんびり過ごすなど、元から無理のある話だった。予定がキャンセルになったことを聞きつけた者たちが、我先にと滞在先のホテルに押しかけてくる。

多くは側近が撃退したが、中には断れない招待もあった。

そして、気が進まぬままに出てきてみれば、ただの退屈極まりないパーティーだ。

夜会用の白のテールコートを着たアーキムは気怠《けだる》げに、観劇用に用意された肘掛《ひじか》け椅子《いす》に腰を下ろしていた。

煌びやかなロココ調のサロンで、今、パリ市内で話題になっている舞踊団の舞踏劇が披露されるという。

メンバーは全員男性。ゲイの集団らしい。さぞやエキセントリックなものを見せるのかと思えば、演目は「千夜一夜」だという。

パリで何故、わざわざ「千夜一夜」を見る必要がある。シュバールの王立劇場へ行って、素晴らしく洗練された舞踊を見たほうがましだろう。

アーキムがうんざりしていたのは、元伯爵だという男の俗物さ加減だった。

銀髪を上品に後ろへ撫でつけ、それなりに見栄えのする男だが、アーキムはこの屋敷を訪れた十分後には、もううんざりとなっていた。

あとは一分でも早く舞踏劇が終わってくれることを祈るのみだ。

室内に音楽が流れ、ダンサーたちが次々に現れた時、アーキムはふとひとりの若い男の姿に興味を引かれた。

長身の男たちが多いなか、ひとりだけ細身で、しかもまったくダンスの素養がないらしい。

おそらくグループに入って間もない新人なのだろう。

だが、こんな新人をキャストするとは大胆にもほどがあるというものだ。客を馬鹿にしているとしか思えない。

怒りを覚えたアーキムは、それを理由に席を立つことを考えた。

それでも何故か、その素人同然の新人から目が離せなくなってしまう。

肌の白さが際立っているが、顔立ちは東洋人のものだ。年齢は二十歳《はたち》になるかならないかといったところだろう。初めての舞台で緊張しているのか、表情が硬い。

しかしアーキムは、不思議とその憂いがちな表情に惹《ひ》きつけられた。

お姫様に見立てられた新人は、主役らしき男に手を取られて舞台の中央に進んだ。そして床の上に横たわり、あとはぴくりともしない。

極めて不本意ながら、アーキムは最後までその新人から目を離せなかった。

音楽が激しくなり、舞踏も佳境に入る。評判がいいとの前振りは嘘《うそ》でもなかったらしく、新人以外のダンサーたちの動きはそう悪くない。

最後に主役の男が眠り姫を抱き起こすといった感じで、舞踏劇が終わった。

新人もベテランのダンサーたちに手を取られ、一緒に頭を下げている。

そんななかで、元伯爵が声のトーンを落として囁いた。

「殿下は、あの若い踊り子が気に入られたご様子。のちほどご挨拶《あいさつ》に伺わせましょう」

「そんな必要はない」

アーキムは即座に断ったが、元伯爵はまったく取り合わずに話を続ける。

「どうぞご遠慮なく。殿下のお名前は明かしません。リュシアン様、とでも伝えておきます。それに、これは一夜だけのアバンチュール、お気に召したなら楽しまないと……。それがパリ流ですからな。殿下がお断りになれば、あの若者は他の客を漁《あさ》りに行くだけでしょうから」

元伯爵はそう言って、品のない笑みを浮かべる。

アーキムは不快な気分に襲われ、整った眉を僅かにひそめた。

評判のよい舞踊団という話だったが、結局は舞踏以外のもので好評を得ているということなのだろう。

どこか心惹かれるものがある。

そう思ったこと自体が間違いだった。

アーキムは同い年の従兄弟のことを思い出していた。

サージフはほんの数ヶ月前まで、王位継承権を争う強力なライバルだったにもかかわらず、日本人の若者を伴侶にするなどという大胆不敵な真似をしでかした。サージフは恋人と継承権を秤にかけ、恋人を取ったのだ。

アーキムには信じがたい話だが、サージフが選んだ青年には確かに見どころがあった。

その青年のことが頭にあったせいで、東洋的な顔立ちに目を曇らされたのだろう。

元伯爵は、アーキムのそばに自分の椅子を寄せ、社交界の噂話《うわさ》をし始める。

不快感がさらに増し、アーキムはさりげなく腰を浮かせた。

「ちょっと失礼いたします」

席を外し、適当な口実を設けてホテルへ戻る。

これ以上、下品な話につき合わされるのはたくさんだった。

アーキムはすっとサロンをあとにし、専用の控え室として用意された部屋に向かった。

元伯爵は俗物だが、先祖から伝わった城の趣味は悪くない。

廊下を進もうとしていたアーキムは、何気なく広大な庭へと目をやった。

すると、月明かりの射《さ》すなかに、先ほどのダンサーたちが集まっていた。

お姫様役をやったあの青年に、皆で何かを頼み込んでいるように見える。青年は気が進まぬ様子だったが、やがてこくりと首を縦に振った。

何気なく眺めていると、東洋人の青年だけをその場に残し、他の者たちはそそくさとその場から引き揚げていく。

ひとりで残された青年は、ふうっと大きくため息をついていた。

いったい何をしているのだ？

アーキムは自分でも知らぬ間に、庭へと足を踏み出していた。

魔が差したとしか言いようのない行動だ。普段のアーキムならば、こんな真似は絶対にしない。

王族として生まれ、帝王教育を受けて育った。一般庶民のそれとはまったく違うが、良識ある行動を取ろうとするのは身についた習性だ。

月明かりのなか、静かに歩を進めていくと、青年がそれと気づいて、はっと顔を上げる。

特別に美しいというわけでもないのに、青年の雰囲気には何故か惹かれるものがあった。

踊り子の衣装は肌の露出が多い。豊満な胸のある女性が着ればエロティックにもなるのだろうが、この青年の場合は頼りなさが目立つだけだ。

『あ、あの……失礼ですが……』

青年は、たどたどしい英語で訊ねてきた。

『何か？』

アーキムがそう応じると、青年はほっとしたように息をつく。

『ぼく、ご挨拶に行かなきゃいけないところがあるんですけど、あなたはこのお屋敷のこと、よくご存じですか？』

『どういう意味だ？』

『あの……リュシアン、という方のところへ行けと言われてて……』

青年は何故か不安げな様子で言葉を続けたが、アーキムはいっぺんに冷ややかな気分にさせられた。

広間を出てきたのはほんの少し前だというのに、元伯爵の手回しのよさには呆《あき》れるばかりだ。おそらくショーを始める前から話がつけてあったのだろう。

リュシアンとは、元伯爵が使えと言っていた偽名。しかもこの青年は、アーキムが誰であるか、つまりリュシアンという客がアーキム自身であることを、よく承知しているはずだ。

わざとらしく訊ねるのは、そういう演出だということだろう。

『君はどうしてそのリュシアンを訪ねたいのだ？』

アーキムは皮肉を込めて問い返した。

『舞踊団の人たちは、今夜他にも呼ばれてて、たった今、急いでそちらの会場へ向かいました。……でも、ぼくのなくなった荷物、ここへ届くように頼んでくれたんです。だから、ぼく、待ってなくちゃいけなくて……だから、その間に、リュシアンというお客様への挨拶もしてほしいって』

青年は熱心に説明を試みるが、外国語を話すということ自体が不慣れなようで、アーキムにはさっぱり意味がつかめなかった。

何も答えずじっと眺めていると、青年はふいに寒さを覚えたようにぶるりと震え、自分の両腕で自分自身を抱きしめる。

パリはもう秋の気配が濃くなっていた。露出の多い薄物の衣装で庭に立っていれば、寒いのも当たり前だ。

しかしアーキムは、そのあとでふと、これも演出のうちなのだろうと思い直した。

男娼なら男娼らしく、くだらない演技などせず、もっと直接的に客を誘ったらどうだ。

アーキムは苛立《いらだ》ちとともに、そう思ったが、もちろん自分の感情をストレートに明かすような真似はしない。

そして困ったことにアーキムは、この青年がいったいどこまで演技を続ける気か、見定めてやりたいとも思い始めていた。

『君はリュシアンに会いたいのだろう？』

ゆっくりした英語でわかりやすく念を押すと、青年はまるで子供のようにこくりと頷《うなず》く。

『はい、そうです』

『君が捜しているリュシアンとは、おそらく私のことだろう』

アーキムはそう言って、極上の微笑みを向けた。

青年は本当に驚いたように、はっと息をのんだ。

黒曜石のような目が見開かれ、白々とした月明かりを映し込む。

今度は、心ならずもアーキムのほうがはっとなった。

物慣れない様子。そして思わず手を貸してやりたくなるような儚《はかな》げな風情。

しかし、彼はそれを売りポイントとする男娼だ。

なのに視線が絡むと、何故か心まで奪われてしまうような錯覚に陥る。

こんなものは月明かりが見せた一瞬の幻だ。

魔法から抜け出すには、むしろたっぷりこの雰囲気を味わえばいい。

彼の手管に乗ったふりで、しばらくの間つき合ってやれば、そのうちメッキが剝《は》がれるはず。

初々しい青年が男娼の本性を発揮した時、冷ややかに拒絶してやればいい。

アーキムは腹立たしさを隠し、きれいな笑みを浮かべて訊ねた。

『君の名前は?』

「白河です。白河、悠斗……」

『……アルト……だね? よろしく、アルト』

アーキムは、誰をも魅了する声でやわらかく青年の名前を呼び、彼の細い手を取った。

そうして貴婦人に対するように、恭《うやうや》しく手の甲に口づけた。

「あっ」

驚いた青年、アルトがさっと手を引っ込めようとするのを許さず、逆に自分のほうへと引き寄せる。

簡単に倒れ込んできた身体はほっそりとして、なんなくアーキムの腕に収まった。

「ハルト」という名前を「アルト」とフランス語風に発音したことに、大きな意味はない。ただ、ここがパリだったというだけの理由だ。

急に抱きしめたせいか、アルトの頬が薄赤く染まる。

純情そうな様子にアーキムは驚きを隠せなかった。演技でここまでできるとは信じがたい。

うっかりすると、アルトが本当に初《うぶ》な青年だと勘違いしそうになる。

アーキムは自分自身を戒《いまし》めるように、アルトの頤《おとがい》に揃《そろ》えた二本の指を当てた。

『ぼくたちは、こうなる運命だった』

そう言いながら顔を近づけて、アルトの唇に甘い口づけを落とす。

抱きしめたアルトは、キスの感触にびくりと震えた。

だが、甘やかな感触に驚いたのはアーキムも同じだ。

最初は軽く唇を押しつけただけだったが、もっと深くキスを味わいたくなる。

さらに腰を引き寄せると、初めてアルトが恥ずかしそうに身をよじった。

『ど、どうしてこんなこと……っ』

『君が可愛いからだよ』

『そ、そんな……っ』

アルトは信じられないように黒曜石の目を見開く。

身体をもじもじさせているが、本格的に抵抗する気はないらしい。

アーキムは内心でくすりと笑った。

これも演出というやつなのか……ほんの少し抗《あらが》うふりで、相手をその気にさせる。

では、どこまで私を騙すつもりか見てやろう。

『アルト……ぼくは君のことが好きになった。君のように初々しく私をその気にさせた者は初めてだ。さあ、もっと君のその甘い唇を味わわせてくれ』

アーキムは再びアルトを抱き寄せて、今度はもっと深く口づけた。

「んんっ」

アルトはびくりとなったが、口を塞《ふさ》いでしまうと、鼻にかかったような喘ぎを漏らすだけだ。

特に抗うでもなく、大人しく身を任せている。

アーキムはアルトが喘いだ隙に、するりと舌を忍び込ませた。

口中をくまなく探ると、アルトはぐったりしたようにしがみついてくる。

「んっ、……ふ、くぅ……っ、んぅ」

アーキムは誘うように舌を動かした。だがアルトは、まるでキスそのものが初めてのようにおずおずとしているだけで、自分から舌を絡めてくるような真似はしない。

それならばと、アーキムはさらにアルトの腰を引き寄せ、根元からしっかりと舌を絡めた。

「んんっ……んぅ、ふ」

アルトの喘ぎは音楽的で心地よく響いてくる。

そしてアーキムはいつの間にか、アルトとの口づけを楽しみ始めていた。

絡めた舌はとても甘く、そっと根元から吸い上げてやると、アルトがぶるりと腰を震わせる。

アーキムは隅々まで探るように舌を動かし、たっぷりとアルトの甘い唇を味わった。

「う、ふ……くぅ……はっ……」

散々貪《むさぼ》ってから唇を離すと、アルトは苦しげに胸を喘がせる。

じっと見上げてくる黒曜石の瞳は、今にも泣き出してしまいそうに潤んでいた。

『キスはいやだった？　私のことが嫌いか？』

アーキムが囁くように問うと、アルトは恥ずかしげに俯《うつむ》く。

月明かりの下でもそれとわかるほど、頬が染まっていた。

アーキムが答えを誘うように項を撫でると、アルトは小さく首を振る。

抱き寄せた細い身体は小刻みに震えていた。

無理もない。いくらキスで火照《ほて》っているとはいえ、裸同然のこの格好では寒いに決まっている。

アーキムは白のテールコートを脱ぎ、華奢な肩にそっと着せかけた。

「あ、あのっ」

アルトは驚いたように目を瞠ったが、優しく微笑みかけてやる。

『風邪をひくといけないだろう』

『あ、ありがとうございます』

『ここは落ち着かない。一緒においで。私はもう帰るところだった』

アーキムはそう言って、アルトの腰を抱き寄せた。

そのまま歩き出そうとすると、アルトはまた戸惑ったように首を振る。

『ぼ、ぼくの服……それに、バッグ、届くんです。盗まれたやつ、ここに届けてくれるって……。だから、ぼく、ここにいないと……』

『服とバッグ？』

些末《さまつ》なことにこだわるアルトに、アーキムはふっと眉をひそめた。

するとすぐにアルトがか細い声で言い訳する。

『あ、あの……バッグにはパスポートも入ってて』

『わかった。君の服と貴重品が入ったバッグだな。あとで届けるように手配してあげよう。君は心配しなくていい』

アーキムは苛立ちとともに吐き捨てた。

印象はそう悪くなかった。もう少し一緒にいてもいいと思ったのに、アルトはまだ無粋な演技を続けるつもりらしい。

『リュシアン……あの、でも……』

『すべて私に任せるんだ。いいね？』

アーキムはアルトの目を見据えて言い切った。

高圧的な言い方をしたつもりはないが、アルトは怯《おび》えたように頷く。

『いい子だ』

アーキムはそう囁いて、アルトの頰に軽く口づけた。

†

何もかもが夢の中の出来事のようだった。

リュシアンと名乗る美青年に城から連れ出された悠斗は、黒塗りのリムジンに乗せられてパリ中心にある高級ホテルまでやってきた。

フロントにリムジンが横づけされたあと、リュシアンに肩を抱かれてロビーを横切るのはひどく恥ずかしかった。

まだ薄物の踊り子衣装を着たままで、上からリュシアンの上着を羽織っているだけだ。

それにリュシアンは相当なＶＩＰらしく、ホテルのスタッフが皆、緊張している様子だ。それだけ注目もされたのだが、不思議なことに近づいてくる者は誰ひとりいなかった。

奥のクラシックなエレベーターで上階へと行く間も、黒スーツを着た秘書らしき男が付き添ってきただけだ。

分厚いカーペットが敷きつめられた廊下をリュシアンとともに歩いていくと、秘書が手まわしよくドアを開ける。

豪奢な部屋を目にした悠斗は、しばらくの間、口を閉じることさえ困難だった。

広々とした部屋はどう見てもスイートルームだ。それも大統領とか王族、あるいはハリウッドのトップスターなどが投宿するランクだろう。

最初にとおされたのはリビングだが、悠斗はあまりの豪華さに足をすくめた。

城の庭にいた時は、リュシアンのことを単に招待客のひとりなのだろうと思っていた。

でも、この部屋はあまりにも桁違いで、一般的なお金持ちという概念を逸脱している気がする。

リュシアンは本当に何者なのだろう。

それに、踊り子の衣装をまとった自分が、ひどく場違いなような気がして不安だった。

ここまで案内してきた秘書は、リュシアンに向けて深々腰を折ると、そのまま部屋を出ていってしまう。

ふたりきりになって、悠斗の不安はさらに大きくなった。

庭で出会っただけの人なのに、こんなふうについてきてしまってよかったのだろうか……。

でも、リュシアンと離れたくなかったのだ。

キスされただけで、まるで魔法にかけられたように彼が好きになった。

いや、キスされる前に、リュシアンをひと目見たその瞬間から、自分は恋に落ちていたのかもしれない。

夢の中から現れた王子様のように、きれいな青年。

年齢は三十歳ぐらいだろうか。黄金のさらりとした髪と青い瞳を持つ彼は、本当にため息が出そうなほど素敵な人だ。

でも、まさか自分が男性に恋をするとは、思ってもみなかった。

だからこそ、悠斗には、これが運命の恋だと感じられて仕方なかったのだ。

会ってすぐ好きになり、キスされただけで、こんなにも胸がドキドキして恋しさが止まらないなんて、運命としか言いようがない。

『アルト、君は可愛い。充分に私をその気にさせてくれた。いいのだろう？　今さら拒んだりはしないね？』

「あ……っ」

何を訊ねられたのか、とっさにはわからなかった。

けれどリュシアンがすっと手を伸ばし、悠斗は簡単に引き寄せられてしまう。

見上げたリュシアンの青い目が熱を帯びているように思え、悠斗は耳まで赤くなった。

恋するのが初めての悠斗にもなんとなく想像がつく。

リュシアンは、もっと深い関係を求めているのだろう。そして、悠斗がそれを断るとは露ほども思っていない。

『アルト、どうした？　さっきは情熱的にキスに応えてくれた。あれは月の光が見せてくれた幻だったのかな？』

リュシアンの指が、思わせぶりに頬をなぞる。

悠斗はびくりとなりながらも、恥ずかしさを必死に堪《こら》えてリュシアンを見上げた。

もしかしたら、これからリュシアンに抱かれてしまうかもしれない。いや、リュシアンはそうすると言っているのだ。

これは運命の恋。

だから、どんなに恥ずかしくとも、リュシアンがそう望むなら一緒にいたかった。

『幻、なんかじゃありません。ぼ、ぼくは……リュシアンが……』

はっきりと言葉で伝えることはできなかったが、リュシアンはそれと察して、きれいな微笑を浮かべる。

「ああっ」

次の瞬間、悠斗の身体はふわりと抱き上げられていた。

まるで初夜を迎える花嫁のように横抱きで隣のベッドルームまで運ばれ、悠斗はこれ以上ない羞恥に駆られた。

『お、下ろしてくださいっ』

途中で何度か懇願したが、リュシアンはにっこり笑っただけだ。

『可愛いアルト、ロマンチックなシチュエーションは好みじゃなかったか？』

『リュシアン……』

やわらかく宥められると、もう何も言い返せない。

豪華な寝室には、張り出した天蓋から薄い紗のカーテンが下ろされた、優美なベッドが据えられていた。

リュシアンは肩で器用にそのカーテンを払い、悠斗をそうっとベッドに下ろす。

これからどうなるのだろうとドキドキ胸を高鳴らせていると、リュシアンはサイドテーブルにセットされていたシャンパンを、手ずから繊細なグラスに注ぎ入れる。

『さあ、今宵《こよい》の運命的な出会いに乾杯しよう』

『……はい』

きれいな金色の泡が立つグラスを持たされ、悠斗の鼓動はさらに高くなった。

きっとリュシアンも、これが運命の恋だと思ってくれているのだ。

そうわかっただけでこれ以上ないほど嬉しくて、逆に泣きたいような気分になった。

『運命の恋に乾杯』

『リュシアン……』

隣に腰を下ろしたリュシアンと、カチリとグラスを合わせる。

そして互いに見つめ合いながら、琥珀《こはく》色のシャンパンに口をつけた。

けれども、悠斗が飲めたのはひと口だけだった。すぐにリュシアンの手でグラスを取り上げられてしまう。

『アルト、君は本当に可愛いね』

「あ……んっ」

リュシアンに肩を抱かれ、その一瞬あとには口づけを落とされる。

生まれて二度目のキスは、最初から深いものだった。

「んんっ……ふ、くっ……んぅ」

深く腰を挿し入れられて、思うさま貪られる。

甘い唾液が混じり合っただけで、悠斗は陶然となった。

熱い舌が絡められ、しっとり吸い上げられると、何故か身体の芯まで疼《うず》いてくる。

リュシアンに抱かれている身体が、恥ずかしいぐらい熱くなっていた。

『アルト……可愛い君をもっと知りたくなった』

頭を引き寄せられたままで、掠れた声で耳に直接息を吹き込むように囁かれる。

悠斗はたまらず身を震わせた。

『……リュシ、アン……っ』

いやだと言うつもりはまったくない。けれど、あまりの恥ずかしさでどう応えていいかわからなかった。

だがリュシアンはそうと察して、ひときわきつく悠斗を抱き寄せる。

そのまま、とさりとベッドの上に押し倒された。

いよいよ抱かれることになるのだと思うと、動悸《どうき》が止まらなくなる。

そして、恥ずかしくてたまらないのに、リュシアンのきれいな顔から目が離せなかった。

『アルト、震えているね。怖いのか？』

優しく問われ、悠斗は頬を真っ赤に染めながらも首を左右に振った。

恥ずかしいけれど、リュシアンを拒絶したいわけじゃない。むしろ、彼に抱いてほしいと心から願っている。

『リュシアン、ぼくは……』

悠斗はあえかな声で訴えた。

するとリュシアンが極上の笑みを浮かべながら、上からじっと見つめてくる。

『わかっている……アルトがいやなことはしない。ただ君のことがもっと知りたいだけだ。怖かったら、そう言えばいい。それ以上はしないから。いいね？』

リュシアンは宥めるように髪を撫で、優しく言葉を紡ぐ。

『いいんです。ぼくも……リュシアンが好き、だから』

悠斗はなけなしの勇気を掻《か》き集めて、そう口にした。

リュシアンはいっそう優しげに微笑《ほほえ》みながら、そっときれいな顔を下げてくる。

優しく触れるだけの口づけを落とされ、悠斗はまたドキドキと動悸を速めた。

それからは、本当に夢の中の出来事のようにすべてが進んでいく。

『本当に可愛いことを言う。大丈夫だ。できるだけ優しくしよう。君を傷つけたくはない。優しく可愛がってあげたいだけだ』

宥めるように頬を撫でられて、触れられている部分がさらに熱くなった。

淫らに興奮している自分が恥ずかしかった。

リュシアンは上着を脱いだだけの姿だが、悠斗は姫君の役をやらされたせいで、最初から肌の露出度が高い。借りていた上着を脱がされると、また恥ずかしさがぶり返した。

豪奢に飾られたビキニ状のものをつけ、上から薄い布をまといつかせているだけといった状態だ。下半身にはズボンらしき形状のものを穿いているが、それだって薄く透ける布で心許ない。しかも腰の部分とアンクレットをつけた足首はぴったり閉じているものの、縦にいくつもスリットが入ってる。

上半身だって同じだ。細い首には宝石入りの飾りをつけているが、肌を隠す要素にはならない。他にも腕輪などをしていたが、それもなんの役にも立たなかった。

『アルト』

やわらかく囁かれ、覆い被さったリュシアンに唇を塞がれる。

リュシアンは優しく口づけながら、そっと耳朶や項に触れてきた。

「んっ」

悠斗はそんな僅かな刺激にも、甘い吐息をこぼした。

リュシアンが指を滑らせ始めると、触れられた部分が焼けつくように熱くなっていく。

肌の表面がやけに感じやすくなったように、ぴりぴりと過敏に反応した。

リュシアンは口づけをほどき、上からじっと見つめてくる。

そして、細い首から胸にかけてを覆う首飾りを持ち上げた。

『……これは、このままにするか……飾りがあったほうが淫らで可愛く見える』

「んっ」

からかうような言葉に、悠斗は短く首を振るのが精一杯だった。

あまり恥ずかしいことは言わないでほしい。

『とてもきれいな肌だ。まるでシルクのようにすべすべしている。それに、ここも……すごく可愛い』

囁いたリュシアンが、するりと掌を下降させ、小さな胸の粒を摘み上げる。

「あ、っ」

悠斗はひときわ大きく身体を震わせた。

『アルトは感じやすいね』

くすりと含み笑うように指摘され、さらに羞恥が増す。

男の手で愛撫され、こんなに恥ずかしい反応をしてしまうとは、今まで思ってみたこともなかった。

悠斗は奥手で、恋人と呼べるような人はいなかった。それでも、いつかは普通に女の子と恋をして結婚するものと思っていたのだ。

まさか、自分が男に抱かれる日が来るとは、想像さえしたことがなかった。

でも、男同士で抱き合う禁忌は、リュシアンに甘く口づけられた瞬間にあっさりと消え去った。

『アルト』

「リュシアン……」

これは運命の恋だ。

だから、男同士であっても、こうして抱き合うことが、とても自然に思えた。

リュシアンの手が肌のあちこちに触れ、びくびく身体を震わせているうちに、あらぬ場所まで熱くなった。

恥ずかしくてたまらないのに、リュシアンは辛うじて下肢を覆っていた薄い布まで取り除けてしまう。

剝き出しになった中心を大きな手でやんわりと握られた。

「あぁっ！」

たったそれだけのことで、悠斗はひときわ高い声を上げた。

『いやじゃないようだね、ここがもう濡れている』

リュシアンの手で張りつめた中心を揉みしだかれると、頭頂まで突き抜けるような鋭い快感に襲われた。

先端からじわりと蜜が溢れてくるのがわかる。

恥ずかしい反応に、逃げ出してしまいたくなった。けれどもリュシアンの手で根元からゆっくり擦り上げられただけで、恐ろしいほどの快感に襲われる。

「あぁぁっ、や、んっ」

悠斗は豪華なベッドの上で、リュシアンの思うがままに淫らな声を上げ続けた。

あまりに快感が強すぎて怖くなると、やわらかく音楽的な声で宥められる。

『アルト、可愛いアルト……好きだよ』

鼓膜を直接震わせる甘い囁きは、まるで魔法のように悠斗を別世界へと誘った。

身体中に触れられて、余すところなく肌に口づけられる。

淫らに張りつめた中心までリュシアンの口で咥えられ、恥ずかしい後孔も長い指で探られた。

身体中が燃え盛り、息をするのも苦しい。

感じすぎて気がおかしくなりそうだった。

「あ、ああっ……あ、ふっ」

リュシアンの愛撫で身体が信じられないほど反り返る。

恥ずかしいのに、悠斗は自分からリュシアンに抱きついて、腰をくねらせるような真似までしていた。

『アルト、君を愛せて幸せだよ。もっと乱れてごらん。快感に身を委ねている君は、とてもステキだ』

甘い囁きを貰うたびに、身体の奥深くから熱い衝動が噴き上げてくる。

リュシアンは上着を脱いで、シャツのボタンを外しただけ。

悠斗はそのリュシアンのシャツを両手で握りしめて、快感に耐えていた。

「うくっ……うぅ……あ、あぁ」

感じすぎて涙が溢れる。

もう、これ以上はおかしくなる。

悠斗がひときわ大きく胸を喘がせた時、過敏になった下肢に熱く滾ったものが押しつけられた。

『力を抜いて、アルト。もっと君を愛したい』

「や、あぁ……」

当たっているのはリュシアンの情熱だ。

後孔はすでにリュシアンの指でとろとろに蕩かされている。

でも、リュシアンはあまりにも大きくて、これで貫かれるかと思うと少し怖かった。

『大丈夫だ、アルト……すぐに気持ちよくなるから……さあ、私を奥まで迎え入れてくれ。君のすべてを知りたい』

優しい言葉とは裏腹に、リュシアンはやや強引に悠斗の腰を抱え直す。

両足を高い位置で大きく開く、淫らなポーズを取らされた。

その両足の間にリュシアンが腰を進めてくる。

蕩けた入り口に、ぬるりと滾ったものが密着した。

「あ……」

息をのんだ瞬間、硬い先端が無理やり障壁を貫いて奥まで侵入する。

巨大なもので犯される痛みに、ぽろりと涙がこぼれた。

『可愛いアルト、泣かないで』

リュシアンの指で涙を拭われ、悠斗は懸命に微笑んだ。

大きなものを無理やり受け入れさせられて苦しいけれど、これでリュシアンとひとつになった。

これは運命の恋――。

だから、リュシアンと結ばれたことが嬉しかった。

「あ、愛してます……リュシアン……あ、くっ」

吐息をつくように告げたとたん、リュシアンにきつく抱きしめられる。

最初はゆっくりと奥を探るように、それから徐々に大胆に内壁を抉られる。

何もかも初めての悠斗は、すぐに快感の波にのまれ、わけがわからなくなった。

愛してます、リュシアン——。

何度も何度も、それだけを囁きながら——。

3

一夜明けても、悠斗の夢は続いていた。

豪華なバスルームで、甘い香りのするお湯に浸《つ》かっている。温かな湯には薔薇の花びらまで散らされ、まるでどこかの国の王子か姫君にでもなったような気分だ。

それも、昨夜リュシアンと出会って抱かれたせいだ。

「はぁ……」

悠斗は甘く愛されたことを思い出し、恥ずかしさで大きくため息をつきながら、ぶくぶくと湯の中に沈み込んだ。

朝からこんな豪華なバスタブに身を沈めているなんて、とても現実のこととは思えない。

昨日の朝はパリの安いホテルで朝食を取ったのだ。そのあと仲間に置いていかれ、ひとりでモンマルトルへ行った。夜になるまで田島に頼まれた写真を撮り続け、暗くなっておかしな通りに紛れ込んだ。男娼に間違われて逃げ出したら、次にはスリに遭ってしまった。そして舞踊団のメンバーに助けられ、親切だった彼らに頼まれて踊り子の補欠を引き受け、煌びやかな宮殿のサロンでショーにも出た。

それだけでも充分夢のような出来事の連続だったが、そのあとさらに驚くべきことが待ち受けていたのだ。

舞踊団のメンバーが引き揚げて、盗まれたバッグが届くのを待とうと思っていた時、リュシアンと名乗る、まるで王子様のような青年と出会った。

そしてこの豪華なホテルに連れてこられて、身体の隅々までを愛された。

「リュシアン……」

そっと囁いただけで、胸が甘くしめつけられたようになる。

一目惚《ひとめぼ》れなんて、そうそうあることではないと思っていた。それが、まさか自分の身に降りかかるとは、夢を見ているのじゃないかと疑ってしまう。

それにしても、リュシアンは何者なんだろうか？

わかっているのは、リュシアンがとんでもないお金持ちだということ。それと彼も悠斗と同じで、この国では外国人になるらしいとの二点だけだった。

でも悠斗にとって、リュシアンが何者かはさほど気になることではなかった。

彼に恋して、愛された。

それだけが大切で、他はあまり重要ではなかったのだ。

ただ、これからどうなるんだろうかと、それだけは常に頭の片隅にあったけれど……。

「あ、っと。駄目だ。こんなにぐずぐずしている場合じゃなかった。リュシアンが待ってる」

悠斗は強く首を振って、湯船から立ち上がった。

薔薇色の大理石で造られたバスルームは広く、要所要所に凝った装飾が施されている。悠斗は真鍮《しんちゅう》のレバーを倒して、頭からシャワーを浴びた。

髪と身体を手早く洗って、そのあとふわふわのタオルで滴《しずく》を拭う。

悠斗は自分の服を着るかどうか少し迷った末に、陶製の籠《かご》に用意されていた純白のバスローブを羽織った。

これを着ておいでと言われていたのだ。

今日はリュシアンとパリの街を一緒に見てまわることになっていた。

リビングへ出ていくと、そのリュシアンがふっと振り返る。

リュシアンもバスルームを使ったようで、悠斗とお揃いのバスローブを身につけていた。

もちろん小柄な自分など足元にも及ばない。長身のリュシアンはバスローブを着ていても、ため息がこぼれるほど素敵だ。

『ちゃんと温まってきた？』

『……はい、リュシアン』

近づいてきたリュシアンに、悠斗は胸をドキドキさせながら頷いた。

『身体はなんともない？　どこか、つらいところは？　昨夜は少し無理をさせたのではないかと心配していた』

『ううん、大丈夫です』

優しい気遣いだったが、悠斗は恥ずかしさで頬を真っ赤に染めた。

『それならよかった』

リュシアンはそう言って、やわらかく悠斗の顎に触れる。

すっと上を向かされて、優しいキスを落とされた。

悠斗はさらに心臓を高鳴らせたが、さすがにリュシアンも深いキスは仕掛けてこない。すぐに唇が離されると、かえって物足りなく思うほどだった。

『君が着るものを用意させた。さあ、こっちで着替えなさい。それから朝食だ』

『あ、はい』

悠斗は深く考えることもなく、リュシアンに従った。

隣室はドレッシングルームになっていた。どっしりとしたクローゼットが置かれ、姿見もいくつかセットされている。

そこで待っていたのは、昨夜も見かけた秘書だった。

背の高い三十前後の屈強な男で、彫りの深いエキゾチックな顔立ちをしている。黒のスーツ姿だが、秘書役だけではなく、リュシアンのボディーガードもこなしているのではないかと思えるような雰囲気だ。

『サイズの合うものは用意できたか？』

『は、こちらに』

リュシアンは満足げに頷き、その白い衣装を手にして悠斗を振り返る。

差し出されたものに、悠斗は目を見開いた。

どこからどう見ても豪華な礼服だ。

『これを、ぼくが着るんですか？』

喉をごくりと上下させながら訊ねると、リュシアンはあっさり頷く。

『そうだ。私は今日、どうしても外せない用がある。君にはその間、待っていてもらうことになるが、いちいちホテルへ着替えに戻るより、最初から君の衣装のほうを合わせておいたほうが時間のロスがないだろう。さあ、アルト、これを着なさい』

『……はい』

悠斗は尻込みしそうだったが、結局はリュシアンの言葉に従った。

彼の声はやわらかくても、対する人間を自然と従わせてしまうような力がある。それに、今日一緒にいるための準備なら、いやだと言うつもりもなかった。

だが、リュシアンに手伝ってもらいながら礼服に着替え、悠斗はまた目を瞠ることになった。

等身大の鏡に映し出された自分の姿が信じられない。

白の上下は不思議とぴったりサイズが合い、そこには誰か他の人間が映っているのではないかと思うほどだ。

頬を上気させた顔が何故か可憐《かれん》に思え、馬子《まご》にも衣装……そんな言葉が浮かんだ。

しばらくしてリュシアンも着替えを終え、姿見に長身が割り込んでくる。

『なかなか似合うぞ、アルト』

そう言われたが、悠斗はリュシアンの格好に目が釘《くぎ》づけになった。

鏡の中で自分のそばに立つリュシアンは、白の軍服風の礼装だ。まるでどこかの王族のように肩章を斜めにかけ、勲章もいくつかつけている。上着の丈は膝《ひざ》近くまであって、ウエストは飾り帯。そして、凝った鞘《さや》に収められた剣まで下げていた。

まさか、本当にどこかの王子様?

悠斗はそんな疑念に駆られたが、そのあとすぐにゆるく首を振った。

今までだって充分すぎるほど現実離れした出来事ばかりが続いていた。このうえ王族に恋をしたなんて、ますます夢の世界にいるようで不安になる。

よけいなことに気をまわすより、今はリュシアンと一緒にいられる幸せだけを噛《か》みしめていればいいのだ。

『さあ、行こうか、アルト。まずは朝食を取って、それからパリの街を観光だ』

『はい、リュシアン』

不安を追い払い、素直に応じた悠斗の頬に、リュシアンが軽く口づけてくる。

ぱっと目に見えて赤くなった自分の姿に、悠斗は胸のうちで小さくため息をついた。

†

『さあ、アルト、今度はどこへ行きたい？』

リュシアンが笑顔で訊ねてきて、悠斗はもう降参だというように両手を挙げた。

何かの式典があるとのことで、リムジンの中で待たされたのは一時間ほど。あとの時間をすべて費やして、リュシアンとふたり、パリの街を見てまわった。

リムジンでの移動なので、正確には運転手もいたし、あの世話役の秘書も必ずついてくる。だが、彼らはまったく邪魔をせず、移動の時だけどこからともなく現れるといった感じだった。

街の中で前から行きたかった美術館にも寄れたし、少し郊外に出て素敵な古城もまわった。

悠斗が気に入ったのは、広大な森に囲まれたシャンティイ城だ。

池の畔《ほとり》に建てられた、ため息が出るほど美しい城は、その昔、あのナポレオンも愛してやまなかったという話だ。城そのものの姿も美しいが、城内のギャラリーも充実しており、礼拝堂で結婚式を挙げたばかりのカップルも見かけた。

でも、悠斗がシャンティイを忘れられないと思ったのは、有名な競馬場横を抜ける長い並木道を、リュシアンとふたりきりで歩けたからだ。

相当な距離があったが、リムジンでとおり抜けてしまうのは惜しい道だ。ちょうど広葉樹が色づき始めた時で、リュシアンに肩を抱かれながら進むのは本当にロマンチックだった。

城からの並木道の終わり近くになり、リュシアンが声をかけてくる。

『そろそろパリへ戻ったほうがいい時間だな。君に何か贈り物をしよう。あとでホテルに宝石商を呼んでもいいが、店に行って自分の好きなものを見たほうがいいだろう』

『え？　宝石商？　どうして？』

リュシアンの言葉に悠斗はきょとんとなった。

英語での会話はなんとか意志が通じる程度だ。時折リュシアンがしゃべっている言葉の意味がわからなくなる。

就職も決まっているのだし、卒業までの間、もっと英会話の勉強をしなくては。

とりとめなくそんなことを考えた悠斗は、はっと我に返った。

リュシアンがすぐ隣にいるというのに、顔が青ざめてしまう。

自分は日本から来た旅行者で、数日後には帰国しなければならない。つまり、あと何日かでリュシアンとはお別れということになるのだ。

今日一日が幸せすぎて、明日からどうなるかなんて考えもしなかった。

『どうした、アルト？　急に青ざめて』

『リュシアン……っ』

悠斗は我知らず、隣に立つ長身にしがみついた。

リュシアンは動揺した悠斗を、しっかりと抱き留めてくれる。

まだリュシアンと出会って、丸一日さえも経《た》っていない。

それでも、リュシアンのことをこんなにも愛している。

だからこそ、この先のことが不安で不安で仕方なかった。

リュシアンは何者なのだろう？　どうしてパリに？　いつまでパリに？

自分だってあと数日経てば帰国しなければならない。そのあとは、どうやってリュシアンに連絡を取ればいい？

現実的なことを考えれば、ずっと一緒にいられるはずがないのだ。でも、会いに行くことぐらいならできるはず。でも遠い外国まで出かけるとなれば、次に会えるのは、どう頑張っても来年になってしまうだろう。

色々なことがいっぺんに押しよせて、悠斗は涙を溢れさせた。

『アルト、どうした？　何故、そんなに泣く？』

リュシアンはしっかり悠斗を抱き留めて、優しく髪を撫でてくる。

子供を宥めるような仕草に、悠斗の目からはさらに涙がこぼれた。

『ぼ、ぼく……っ、で、出会ったばかり、だけど……リュ、リュシアンを愛して……愛して、るっ……、でも、日本に帰ったらどうやって会いに行けばいいのか、わからなくて……』

悠斗は泣きながら、懸命に訴えた。

するとリュシアンの目が困惑ぎみに眇《すが》められる。

悠斗はどきりとなった。

青い瞳に何故か、冷ややかで批判的なものが混じっている気がしたからだ。

もしかして、熱くなっているのは自分だけ？

リュシアンは一晩だけの恋人だと思っている？

恐ろしい疑惑に、悠斗は唇を震わせた。

リュシアンも自分と同じ気持ちでいてくれると単純に信じていたけれど、本当にそうなのだろうか？

しかし、本当のことは怖くて訊けるはずもなかった。

それでも悠斗は青い瞳から目がそらせず、じっと見つめてしまう。

しばらくして、リュシアンはふわりと微笑むように頬をゆるめた。

『可愛いアルト、泣かなくていい。私も君と同じ気持ちだ』

『ほ、本当に？』

『ああ、本当だよ、アルト』

リュシアンはそう言って、悠斗を安心させるように腕の力を強める。

悠斗はほっと息をついた。

リュシアンの気持ちを疑うようなことを言った自分が本当に恥ずかしくなる。

『ご、ごめんなさい……』

素直に謝ると、リュシアンが極上の笑みを見せる。

『アルト、望みがあるなら言いなさい。すべて、というわけにはいかないが、なるべくなら君の望みを叶えてやりたいと思っている。遊びに必要なお金か？　それとも身を飾る宝石か？』

『そんな……っ、ぼく、そんなものは欲しくありません！』

突然の提案に、悠斗は激しく首を左右に振った。

『君は確か、まだ学生だと言っていたな。それなら卒業してからのポストか？』

何故、リュシアンがそんなことを言い出したのか、わからない。

自分を気遣ってくれてのことだろうけれど、そんなものが欲しいわけじゃなかった。

『ぼ、ぼくは……ぼくの望みは……ずっと、リュシアンと一緒にいたい。そ、それだけです。うん、ぼくは日本に帰国しなくちゃいけないし、ずっと一緒なんて無理なのはわかってる。だから……せめて、ぼくが帰る日まではリュシアンと一緒にいたい。それで、もしよければ、またリュシアンに会いに来たい。ぼくの望みはそれだけ……それだけ、です』

涙を堪えきれず、つかえながら訴えると、リュシアンの腕にまたさらに力がこもる。

ぎゅっと抱きしめられて、悠斗はそれだけでも幸せだった。

『アルト、君はいつ帰国する？　約束しよう。それまでは君と一緒にいる』

『ありがとう、リュシアン！』

『それから先のことは、また考えることにしよう。だが、その前に君を連れていきたい場所がある。君はロマンチックなシチュエーションが好きだろう？　君の好みにぴったり合う場所があるのだ』

リュシアンの言葉に悠斗は小さく首を傾げた。

けれど、極上の微笑みを見せられたあと、すぐに口づけを落とされて、胸に兆《きざ》したささやかな疑問は忘れ去ってしまったのだ。

†

『ここは、カトリックの教会？』

『調べさせたら、とても古いものだそうだ』

リュシアンが悠斗を伴ったのは、小さな古い教会だった。シャンティイからパリに戻る道沿いに建てられた、煉瓦《れんが》造りの建物だ。

煉瓦を積んだ壁はびっしり蔦《つた》で覆われている。その蔦が赤や黄色に色づいて、ロマンチックな雰囲気になっていた。

しかし、この教会は閉ざされているようで、敷地にも立ち入り禁止の黄色いロープが張り巡らされている。

『リュシアン、ここ……？』

『ああ、ここはもう閉鎖された聖堂だ。建物を所有していたのは私の親族のひとりで、処分を頼まれた』

『ええっ、処分、って壊しちゃうってことですか？　こんなにきれいなのに？』

驚いた悠斗は、まじまじとリュシアンの顔を見上げた。

『それはまだ決めていない。老朽化が進んでいて、改築には莫大《ばくだい》な費用がかかるとのことだ。資金を投じる甲斐《かい》があるかどうか、アルトと一緒に確かめてみよう』

『ぼくと一緒に？』

悠斗は首を傾げたが、リュシアンはその悠斗の腕を取って、落ち葉が堆《うずたか》く積もった前庭を進み始める。

枯れた葉を踏みしめる音に重なり、小鳥の鳴き声が聞こえた。乾いてひんやりした空気が肌に触れ、とても清々《すがすが》しい。

聖堂のドアは、あらかじめ掛け金が外されていたようで、リュシアンが押すとギギギと重い音を立てながら開く。

内部は思ったよりも明るかった。

礼拝室の窓に塡《は》められたステンドグラスから、陽《ひ》の光が射し込んでいたからだ。

閉鎖されてからも誰かがきちんと管理しているのか、埃《ほこり》っぽさが微塵《みじん》もない。

悠斗はリュシアンに腕を取られたままで、大理石の上に紅の絨毯《じゅうたん》が敷かれた中央通路を進んだ。

まるで結婚式に臨む恋人同士のようだ。

何故かそんな想像をしてしまい、悠斗はまた赤くなった。

さっきシャンティイ城の礼拝堂で、幸せそうな新婚のカップルを見かけたせいだろう。

祭壇の前まで進み、悠斗は改めてリュシアンの端整な顔を見上げた。

混じりけのない金色の髪が、ノーブルな顔を縁取っている。高い鼻筋に整った眉。唇の形も申し分なく、ほんの僅か甘さを感じる。

そして、どこまでも澄みきった青い双眸《そうぼう》……。

何もかもが素敵で、見つめているだけで胸が高鳴った。

『アルト、君は私を愛していると言ってくれた。それに、期待以上に私を楽しませてくれた。だから、私もここで君の気持ちに応えよう。さあ、左手を出しなさい』

『リュシアン……?』

悠斗はいっそう大きく鼓動を刻みながら、リュシアンに左手を預けた。

その手をそっと握られただけで、期待と不安がない交ぜになって震えてしまう。

リュシアンは、気持ちに応えてくれると言った。でも、聞き間違いだったらどうしよう。

もう倒れてしまうかと思った時、リュシアンは自分の小指からすっと指輪を抜いた。

そうして、悠斗の左手薬指に、その指輪を塡める。

悠斗は息を止めて、自分の薬指に塡められた指輪を見つめた。

プラチナとゴールドでデザインされた台に、鮮やかな真紅のルビーがいくつか、等間隔で並べられている。間にも小さなルビーやダイヤが散らされた美しい指輪だ。

悠斗は声もなく涙を溢れさせた。

リュシアンは聖堂の祭壇で、この指輪を贈ってくれた。

これは紛れもなく、神の前で永遠の愛を誓うための指輪だ。

どうしていいか、わからないほど嬉しかった。

『アルト、愛する君に、この指輪を贈る』

リュシアンは静かに言って腰をかがめる。そして恭しく悠斗の手を取って、薬指に塡めた指輪に口づけた。

『これで君は永遠に私のものだね』

やわらかく響く声に、悠斗はまた新たな涙を溢れさせた。

上体を起こしたリュシアンの顔が、どんどんぼやけていく。

それでも悠斗は嗚咽《おえつ》を堪え、懸命に訴えた。

『ぼくも、誓います！　ぼくのすべては、リュシアンだけのもの……永遠に、永遠に、リュシアンだけを愛すると誓います』

『アルト』

その先はもう言葉などいらなかった。

愛する人に抱きしめられて、甘く口づけられる。

幸せで、あまりにも幸せすぎて、やっぱりこれは夢なのではないだろうかとの不安が脳裏を過《よ》ぎる。

でも、それも一瞬のこと。

徐々に深くなる口づけに、悠斗は幸せだけに酔いしれながら、愛するリュシアンに縋《すが》りついていた。

4

翌朝、悠斗は幸せな気分で目覚めた。

高級ホテルの豪華なスイートルーム。その天蓋つきのベッドで目覚めるのは、なんとも言えない気分だ。

だが、悠斗は意識がはっきりしたと同時に、小さく叫んだ。

「あっ」

ぬくぬくと軽い羽毛布団にくるまっているのは気持ちよかったが、自分が完全に裸だったことを思い出したのだ。

恥ずかしさでかっと頬を染めつつも、悠斗は愛するリュシアンの姿を探した。

古い聖堂で永遠の愛を誓い、昨夜はまたこのベッドでリュシアンに抱かれた。

今まで何も知らなかったのに、リュシアンに導かれ、自分がどれほど淫らに乱れたかを思い出すと、羞恥で死にそうになる。

それでもリュシアンは、可愛いよと言ってくれて、また深く貫かれたのだ。

リュシアンが自分の肌のどこにどのように触れたかを思い出し、悠斗は慌てて上体を起こした。

気を失って、リュシアンの手でバスルームに運ばれ、またそこでもたっぷり愛された。

彼の姿が見えないのは気になったけれど、今のうちにシャワーを浴びて着替えておきたい。そうじゃないと、恥ずかしすぎて頭がおかしくなりそうだ。

悠斗はふかふかのラグが敷かれた床に足を下ろした。サイドテーブルの下段に紺色のガウンがあったので、それを羽織って大急ぎでバスルームに駆け込む。

人心地ついたのは、頭から熱いシャワーを浴びてからのことだった。

バスルームを出て悠斗が身につけたのは、リュシアンの秘書が用意してくれた服だ。昨日の礼服とはまったく雰囲気が異なり、カジュアルな一式だ。

白地に格子の入ったシャツに、すっきりと細めの黒のパンツ。それに丈が短いキャメル色のブルゾンだ。普段している格好とはずいぶん違うが、鏡に映った姿は、そうおかしくなかった。

「でも、いい加減自分の荷物を取りに行かないと。いつまでも甘えてられないものな」

悠斗は鏡の中の自分に向かって、強く頷いた。

その時、左手の薬指に収まっている指輪が目について、ドキンとなる。

リュシアンが永遠の愛の証《あかし》として、この指輪を贈ってくれたのだ。あとで話を聞くと、若くして亡くなった母親の形見だという。

それでまた悠斗は感動して、涙をこぼすことになった。

リュシアンにはくすりと笑われてしまったけれど……。

部屋に戻った悠斗は、立派な椅子に所在なく腰を下ろした。

リュシアンはどこへ行ってしまったのか、なかなか戻ってこない。

それから一時間あまり、悠斗は朝食も取らずにリュシアンを待ち続けた。そうして、いくらなんでもおかしいと思い、何かメッセージでも残っていないだろうかと、遅ればせながら部屋中を探しまわったのだ。

リュシアンからのメッセージは、ベッドサイドのテーブルの上に置かれていた。

さっきは慌ててシャワーを浴びに行ったので、見逃してしまったのだ。

——アルトへ、急用ができたので数日留守にする。私が戻るまで、この部屋で待っていてくれ。フロントには話をしてあるので心配はいらない。

メッセージに目をとおし、悠斗は大きくため息をついた。

詳しいことは何も書いてないが、きっと大事な用ができたのだろう。

ひどくがっかりした気分だったが、我儘《わがまま》は言えない。

リュシアンは必ず戻ってくると約束してくれた。だから、この部屋で彼を待っていればいいだけだ。

†

その日の午後、悠斗はメトロを使い、自分が投宿していた安ホテルへと向かった。

パスポートと財布が入ったバッグは、ちゃんと戻ってきたが、着替えを詰めたスーツケースがホテルの部屋に置きっぱなしになっている。それを回収し、それから堕天使のメンバーにも挨拶に行きたかった。バッグを無事に戻してもらったのに、何もお礼を言ってない。

スーツケースといっても、さほど大きなものではないので、悠斗はピックアップ後にそのまま堕天使のリーダーの元に向かった。

皆がほぼ毎日集まるというスタジオの場所は聞いてある。

悠斗はなんの不安も感じずに、スーツケースを引いてメトロに乗った。あまりにもすごい出来事ばかりを経験したせいか、かえって度胸がついたようだ。

スタジオは古びた建物の最上階にあった。パリの街中には七階建てのビルが多い。

グランドフロアから、古色蒼然《こしょくそうぜん》としたエレベーターで最上階まで行く。

スタジオのドアをノックすると、すぐに長身のラファエルが顔を覗かせた。

涼しい季節なのに上半身はタンクトップだけで、鍛え上げた筋肉が剝き出しになっている。レッスン中だったのか、ラファエルはタオルで盛んに汗を拭っていた。さすがに鬘ではなく金髪の刈り上げスタイルだが、メイクだけはしっかり施しているのが微笑ましい。

『こんにちは。ぼく、お礼を言いに』

『アルト！　待ってたわ。聞いて、あんたのお陰でうちはすごいことになってんのよ』

「え？」

ラファエルは挨拶もそこそこに、いきなり悠斗の腕をつかんで中へと引き込む。

『なに、アルトなの？』

『アルト、君は本物の天使だ！』

悠斗に気づいたメンバーは、練習を中断していっせいに駆け寄ってきた。

あまりの大歓迎ぶりに、悠斗は戸惑った。

板張りのフロアだけというスタジオだ。壁際にライトや衣装用のケースが雑然と置かれている。

悠斗はその近くのベンチに腰を下ろし、皆の話を聞くことになった。

『この前の伯爵家でのショーのあと、アルトが挨拶に行ってくれた人、とんでもないお金持ちだったらしく、ポーンと、ものすごい額の寄付をしてくれたのよ』

『寄付、ですか？』

『そうそう、ポーンとね。だから、アルトは私たちの恩人。守護天使だわ。全部アルトのお陰ですもの』

日本円に換算すると一億円近い数字を聞いて、悠斗は目を丸くした。

『ま、待ってください。ぼくは別に何も……』

『いやいや、話をしに来た人は、アルト・シラカワが所属する舞踊団への支援だと、はっきり言っていたもの』

ラファエルの話を聞いて、悠斗は確信した。

これはきっとリュシアンがしてくれたことだろう。

でも、みんなはこんなに喜んでいるけれど、本当に厚意に甘えていいのだろうか。

『それでね、アルト。いくらなんでも、君にっていう条件つきで貰った寄付を、勝手に使うわけにはいかないだろう？　だからね、アルト。いっそのこと、君もうちの舞踊団に入らない？』

『えっ、だって、ぼくは日本人の学生だし、ダンスなんてなんにも知らないし……』

『いやいや、君はまた寝てるだけでいいからさ』

冗談めかした言い方に、悠斗はようやくからかわれていたことがわかった。

ラファエルが危惧《きぐ》していたのも、結局は悠斗と同じようなことだったのだ。

いきなり謎《なぞ》の男が現れて、高額の寄付をしてくれた。

だからといって、有頂天になっているだけではすまないだろう。

それに堕天使のメンバーは、自分たちの踊りにプライドを持っている。金額が大きいだけに、誰がどういう理由で寄付をしてくれるのか、はっきりさせたいとのことだった。

『そのリュシアンって男、何者なの？』

ラファエルに改めて問われ、悠斗は曖昧《あいまい》に首を振った。

リュシアンは運命の恋人――。

悠斗にとってはそれだけが重要で、他はさほど気にしていなかった。これから時間をかけて、知っていけばいいものと思っていたのだ。

『ぼ、ぼくもよく知らなくて……』

悠斗は我知らず頬を熱くした。

リュシアンのことを考えただけで、自然とそうなってしまう。

ラファエルは悠斗の顔を見て、にやりとした笑みを浮かべる。あの夜、何があったか、すべて見抜かれているような感じだった。

『とにかく、遣いにきてくれた人も、住所はおろか、フルネームすら教えてくれなかったの。正体不明の謎めいたパトロンってわけよ、顔を合わせているのはアルトだけなんだから、なんとか連絡を取ってみてほしいの』

『わかりました。彼は今、パリにいないので、すぐは無理かもしれませんが、堕天使のこと、ちゃんと話してみます』

『頼むわね』

悠斗はしっかりと頷いて、堕天使のスタジオをあとにした。

†

もうひとつ驚くべきことが起きたのは、悠斗が高級ホテルへ戻ってからだ。

メトロからカートを引いたまま、ちょっと気後れしつつもロビーへ入っていくと、フロント前のソファからすっと立ち上がった男がいる。

『失礼ですが、アルト・シラカワさん？』

英語でそう声をかけてきたのは、四十代ぐらいのいかにもやり手といった印象の男だ。茶色の髪を後ろに撫でつけ、黒の細いフレームの眼鏡《めがね》をかけている。服装は落ち着いたピンストライプの三つ揃い。

まったく心当たりのない悠斗は、怪訝な思いで首を傾げた。

『白河は、ぼくですが……』

『私は弁護士です。あなたに受け取っていただきたいものがあって、お邪魔しました』

悠斗はますますわけがわからなくなった。

ともかく詳しい話をと、カフェテリアへ移動する。

エスプレッソを注文したあと、その弁護士はおもむろに革の鞄《かばん》から書類を持ち出した。

『これがあなたに寄贈された土地と建物の権利書です』

『え？』

『古い聖堂とその敷地全部があなたに寄贈されました。それと聖堂に関しては、改修費用とその後の維持費百年分の積み立ても別途組み込まれております。よろしければ、こちらにサインをお願いします』

事務的に説明されても、悠斗の英語力ではなんのことかさっぱりわからない。わかったのは、これもリュシアンが関係しているのだろうということだけだ。

『待ってください。いったいなんの話をなさっているのですか？』

悠斗がそうたたみかけると、弁護士はかすかに片眉を上げる。

理解力が不足している悠斗を、見下しているような感じだった。

『古い聖堂のことは、あなたもご存じですね？』

噛んで含めるように訊ねられ、悠斗はこくりと頷いた。

『あなたがその聖堂を気に入っておられたとのことで、寄贈されることになりました』

『どうしてですか？　何故ぼくに？』

『ですから、あなたがあの聖堂をお好きだと……改装費も維持費もあなたのご負担にはなりません。ですからどうぞ、こちらにサインを』

くり返される説明に、悠斗は激しく首を振った。

何故かふいに不安になって必要以上に大きな声で申し出を断る。

『ぼく、サインなんてしません！』

だが、弁護士は根気強く説得を続けた。

『フランスで資産を持たれることがご心配でしたら、相談に乗りましょう。何も難しいことはありません。私どもの事務所はフランス財界でも高い信用を誇っております。安心なさっていてよろしいかと』

『リュシアンでしょう?』

『は?』

『あなたに断るのが無理なら、リュシアンに直接伝えます!』

悠斗はかすかな苛立ちとともに拒絶した。

そうしてろくに挨拶もせずに席を立つ。

豪華なスイートルームへと戻る間、頭の中は疑問でいっぱいになっていた。

何故、リュシアンは、先に訊いてくれなかったのだろう?

堕天使のことだって、スポンサーになってくれるのは皆、喜んでいた。だが、正当な理由があってのことかどうか、説明もなしでは不安が残るだけだ。

聖堂を自分にくれるなんて、もってのほかだ。

すごく素敵なところだと言った覚えはあるし、今でも本当にそう思っているけれど、それでいきなりプレゼントするだなんて、とんでもなさすぎて頭がおかしくなりそうだ。

リュシアンを愛しているけれど、こういう形で何かをしてほしいと思っているわけではない。

豪華な部屋に戻り、悠斗はどさりとソファに座り込んだ。

何もかも夢だったわけじゃない。

その証拠に、自分はまだこの豪華なスイートルームにいる。

だが、リュシアンの姿が見えなくなって、まだ丸一日にもならないのに、理解不能なことばかりが起きて不安が増大する。
リュシアンは何者なのだろう？
どうして、こんな急に色々してくれる気になったのだろうか？
けれど、今の悠斗にできることは何もなかった。
ただ、リュシアンの帰りを待っているほかないのだ。
「はあ……早く帰ってこないかな、リュシアン……会いたい……」
悠斗はリュシアンの甘い微笑みを思い浮かべながら、深いため息をついた。

5

空港ビルから一歩外に出たとたん、ぎらぎらと焦げつくような陽射しが襲いかかってくる。

悠斗はその眩《まぶ》しさに目を眇め、細い腕を自分の額に翳《かざ》した。

「おい、白河。早くホテルへ行くぞ」

「はい、わかりました」

苛立たしげな上司の言葉に、悠斗は素早く行動を起こした。

支社からの迎えはないので、タクシーの運転手に手伝ってもらい、上司とふたり分の重いスーツケースを荷室に詰め込む。

たったそれだけの運動で、なめらかな額《ひたい》にはじわりと汗が浮かんだ。

日本の小型機械メーカー『ソウマ』に就職して半年あまり。今回が初の海外出張になる。とはいえ、悠斗の役どころは単なる上司の荷物持ちだ。

営業部に配属された新人は、例外なく入社一年以内に海外出張を命じられる。早く現場に慣れさせて即戦力とするためと表向きの理由で、本当のところは、能力の劣る者を早期に弾いてしまうのが目的らしい。

つまり、この出張で担当上司に気に入ってもらえないと、ソウマでの未来が暗くなるということだった。

悠斗が行動をともにする大野《おおの》は営業一課長。四十五歳になるバリバリのやり手で、部長就任も近いと言われていた。ハンサムでおしゃれなところもある大野は女子社員に人気の上司だが、仕事となるとかなりの曲者《くせもの》だと、もっぱらの評判だ。

営業はある程度、押しが強くないとやっていけない。そういう面で自分向きではないと思っていた悠斗は、入社時に総合職の希望を出していた。しかし、どこをどう間違ったのか、配属されたのが社内でも一番の出世コースといわれる営業一課だ。

タクシーはきれいに整備された高速を快適に走っている。

長時間のフライトだったため、大野も悠斗もポロシャツ姿だ。タクシーはクーラーが効きすぎなくらいで、鳥肌を立てた悠斗は無意識に腕を擦った。

窓の外に目をやると、すでに王都マジュディーの市街地に入ったようで、密集した建物の間に、モスクの白い屋根と尖塔がいくつも見えていた。

中東の王国シュバール――。

原油の埋蔵量が世界一とも言われるシュバールは、オイル関連の他にも政府主導で多くの新規事業を立ち上げていた。何ヶ国かが合同で開発を行ったプラントも多い。ソウマはそれらの事業で使う小型機械を今までにも数多く売ってきた。シュバールはソウマにとって一番の得意先だ。

去年から今年にかけて、その売り上げが倍増するチャンスが巡ってきていた。商談そのものはマジュディー支社で勤務するスタッフが手がけている。今回、営業一課長の大野が現地入りしたのは、契約が円滑に進むように後押しするのが目的だった。

去年オープンしたばかりだという高級ホテルに着き、一息つく暇もなく大野に命じられる。

「七時からレセプションがある。ドレスコードはブラックタイだ。用意しておけ。支社の連中は今、手が離せないそうだから、出席するのは我々ふたりだけだ。タクシーで会場へ行くから六時半にロビーだ」

「はい、承知しました」

大野は用件だけ伝えると、あとはなんの注意もなく、ホテルスタッフの案内でエレベーターに向かった。

悠斗もそのあとに従ったが、部屋は階が違うので先にエレベーターを降りる。

「では、失礼します」

エレベーターのドアが閉じるまで、悠斗はしっかり頭を下げて大野を見送った。

悠斗の部屋はこのホテルでは一番低いクラスのものだ。しかし、思ったよりもずっと広い部屋で、居心地もよさそうだ。

ブルーのカーペットに白い壁。ソファやベッドカバー、カーテンはソフトなグレーベースで細かな花模様が入っている。レースのカーテンの隙間から、マジュディーの街並みがきれいに見渡せた。

シャワーやライトの使い方の説明を受けている間に、スーツケースが届けられる。

入社前に頑張って、英語とフランス語の会話スクールに通った。お陰で今の悠斗は不自由なくスタッフの言葉が聞き取れる。

『それでは、ごゆっくりお過ごしくださいませ』

『ありがとう』

スタッフが部屋から出ていって、悠斗はほっと息をついた。

大野との待ち合わせまで一時間ほどしかない。悠斗はさっそくスーツケースを開けて、準備にかかった。

スーツ類はさほど皺《しわ》にはなっていない。そのままハンガーにかけて、手早くシャワーを浴びる。

バスタオルを腰に巻いてバスルームを出た悠斗は、ちらりと鏡の中の自分に目をやった。

視線が吸い寄せられたのは、首からかけたプラチナのチェーンだ。正確に言えば、そのチェーンにとおしてあるルビー入りの指輪にどうしても目がいってしまう。

「あれから、もう一年も経つんだな……」

悠斗はため息混じりに呟きながら、その指輪を手に取った。

一年前、あの古い聖堂でリュシアンに塡めてもらったものだ。

運命の恋——。

それの永遠の愛の証としてこの指輪を贈られた。

だが、リュシアンはその翌日ホテルから姿を消し、二度と戻ってこなかったのだ。

その時の事情を話せば、皆が口を揃えて言うだろう。

おまえは騙されたのだ。単に遊ばれただけなんだよ、と――。

いくら奥手で恋話に疎くても、そのぐらいの想像はついた。だから、親しくしている友人、田島にもリュシアンとのことは明かしていない。

それでも悠斗はいまだに信じていた。

リュシアンはきっと何か事情があって戻ってこられなかったのだ。

滞在していた高級ホテルは守秘義務を見事に守りきり、悠斗がいくら訊ねてもリュシアンの連絡先を教えてくれなかった。聖堂を譲るといって現れた弁護士も同様だ。まるで悠斗には絶対に正体をばらすなと命じられているかのように、皆が口を閉ざしていた。

ホテルのスタッフや弁護士の呆れたような目。最後には同情いっぱいの視線を送られても、悠斗は信じていた。

リュシアンは、待っていろとメモを残してくれた。

だから、必ず帰ってくる。

そう信じていた。

帰国予定の前日に、地方へ小旅行に行っていた仲間がホテルに戻ってきた。それでも、リュシアンからはなんの音沙汰《おとさた》もない。

悠斗は詳しいことを語らずに帰国する仲間を見送り、自らはチケットをキャンセルしてリュシアンを待ち続けた。

だが、それにも限界がある。厚意に甘えて、あの豪華な部屋に泊まり続けるわけにはいかないし、所持金はぎりぎりで帰国用のチケットを買い直すぐらいしかなかった。

リュシアンが姿を消して一週間目。悠斗は深い悲しみに暮れながら、ホテルを引き揚げて帰国の途についたのだ。

たったひとつ、いいことがあったとすれば、堕天使への援助が具体化したことだろう。リュシアンと連絡が取れなかった悠斗は、聖堂の譲渡を固辞するかたわら、堕天使のことだけは弁護士に頼んでおいた。詳しい経緯は知らないが、きちんとした話し合いがなされ、ラファエルたちは納得したうえで、援助を受けることにしたのだという。

「いけない。また思い出してた……」

ぽつりと独りごちた悠斗は、頭を軽くひと振りしてバスルームから出た。

今の自分はソウマの社員だ。リュシアンとの別れを嘆いていても仕方がない。

自分はまだリュシアンを信じている。彼への愛だって、時とともに深まるばかりで、少しも色褪《あ》せたりはしなかった。

リュシアンは何かの事情があって、戻ってこられなかっただけだ。

いつかきっと、ホテルに残してきた連絡先をたどり、自分に会いに来てくれるはず。

再会できた時、まったく成長していないのでは恥ずかしい。だから、今は一生懸命に仕事をこなすだけだ。

居心地のいい部屋で営業用の資料にちょっと目をとおしているうちに、出かける時間になる。

悠斗は日本を発《た》つ前に慌てて用意したタキシードに着替えて、ロビーへと向かった。

黒のタキシードに黒の蝶ネクタイ。ドレスコードがブラックタイならこれが正式だが、小柄な悠斗には黒ずくめの服装はあまり似合っていなかった。線の細さだけが目立って、十代の子供に間違われそうだ。

ロビーで所在なく待っていると、時間よりやや遅れて大野が現れる。普段からおしゃれだと評判の大野は長身でしかもがっしりした体型だ。タキシードを見事に着こなしており、悠斗はさらに気後れを感じた。

だが、これは仕事なのだから、外見の貧弱さなどいちいち気にしていられない。

大野とともに、エントランスに横づけされていたタクシーに乗り込んで会場に向かった。

マジュディー市内には華やかな宮殿がいくつもあるというが、パーティー会場になっていたのも、そのうちのひとつだった。

「今日は珍しく皇太子のアーキム殿下が顔を出されるそうだ。非常に多忙な方だから、滅多にないチャンスだ。おまえはなんとしても、アーキム殿下に接触しろ」

「すみません、課長。私は不勉強で、その皇太子殿下のことは、お名前ぐらいしか存じあげません。どのようなご挨拶をすればいいのでしょう？」

悠斗が訊ねると、大野は目に見えて渋い顔をする。

「いくら今回の出張が急だったからといって、何も調べてこなかったのか？」

「申し訳ありません。商談の内容を把握するので精一杯でした」

悠斗が素直に謝ると、大野はチッと低く舌打ちする。

仕事をよく心得た部下を伴うのならともかく、何も知らない新人を連れまわさなくてはいけないのだ。機嫌が悪くなるのももっともな話だった。

だが、表面上はあくまで紳士的にというのが信条の大野は、頭から怒鳴ったりせず、簡単に説明を加える。

「シュバールでの仕事には必ず王族がかかわってくる。中でもアーキム殿下は一番のやり手だ。我々の商談も最終的な判断を下すのは、おそらくアーキム殿下になるだろう」

「そんな重要な人物……私などが……？」

「アーキム殿下はすべてに秀でた方だ。切れ者というだけではない。容姿も並外れておられるが、教養も高く、趣味もいい。付け刃で話題を提供しようと思っても、底を見抜かれて恥をかくだけだ。つまり、何も知らないおまえのような者をぶつけておいたほうがましだということだ」

「そう、ですか……」

「おまえは、見てくれも純情そうで、人に嫌われる要素がないのが唯一の長所だ。殿下の前に行ったら、にこにこしてりゃいい。それで顔と名前ぐらいは覚えてもらえるようにしろ」

「わかり、ました」

歯に衣《きぬ》着せぬ言い方をされ、悠斗はかえって気持ちが楽になる。

大野は別に過大な期待をかけているわけじゃない。王族と聞いただけで緊張するが、まずは感じよく挨拶することだけを心がけよう。

タクシーはさほど時間をかけずにレセプション会場の宮殿に到着した。

群青色の夜の空をバックに、白の鮮やかな宮殿がライトアップされている。イスラム風の塔をいくつも持つ宮殿はため息が出そうなほど美しかった。

パリでも宮殿を訪れたが、趣《おもむき》がまるで違う。まるで物語の中から抜け出してきたかのように煌びやかだ。

会場にはすでに大勢の招待客が集まっていた。外国人はタキシードの者が多いが、シュバールの人々は民族衣装を身につけている。白と黒がベースなのは街で見かけたものと変わらない。しかし、さすがに富裕層や身分の高い人々の集まりだけあって、袖などに金糸の縁取りがされているものが多かった。

大野は顔見知りの人間に如才なく挨拶していく。悠斗は途中で受け取ったシャンパングラスを手に、大人しく大野の後ろについていた。

しばらくして、ふいに会場内のざわめきが高くなる。

「いよいよ、アーキム殿下が来場されたようだ」

大野の囁きで、悠斗は緊張感を高めた。

じっと広間の入り口に目をやるが、前に巨体の白人男性が立っていたので、アーキム皇子がどういう人物なのか、観察することはかなわなかった。

会場に足を踏み入れただけで人々の視線を釘づけにする。恐ろしく迫力のある人物が現れたことだけは、ひりひりと肌でも感じる。

「白河、殿下は側近が入念に選んだ者の挨拶しかお受けにならん。それが終わったら、おまえの出番だ。許可がなくとも食らいついていけ」

「あ、はい……」

「それまでの間、俺はもうひとまわり挨拶に行ってくる」

大野はそう言い置いて悠斗のそばから離れていった。

王族まで出席するような華やかなパーティー。それは悠斗にも一度だけ経験がある。

運命の相手、リュシアンに巡り合わせてくれたパーティーだ。

あの時の悠斗は床に伏せていただけなので、詳しく観察している暇もなかったが、参加者は皆、今日と同じで上流階級の人たちだったはず。

もしかしたら、リュシアンもこの会場にいるのではないか。

ふとそんな考えが浮かび、悠斗は懸命に会場内を見まわした。

鮮やかな金髪を持つ長身のハンサムだから、リュシアンがいればすぐにわかるはず。しかし、外国人の出席者は多かったが、特徴が該当する者は誰もいなかった。

パリで出会った人が、シュバール王国にいるなんて、考えるほうがおかしいのだ。

悠斗はリュシアン恋しさのあまり、ぎゅっと自分の胸元を押さえた。ドレスシャツの下にはいつも肌身離さずつけている指輪がある。

「おい、そろそろだぞ」

「あ、……課長？」

ぼんやりしていた悠斗は、戻ってきた大野からいきなり声をかけられてびくりとなった。

「何してる。行くぞ」

苛立たしげに命じられ、悠斗は慌てて大野のあとを追った。

しかし会場は混雑しており、なかなかスムーズについていけない。振り返った大野はさらに苛立ちを募らせ、手を伸ばしてきた。

「まったく、世話を焼かせるな」

「あ、すみません」

大野に腕をわしづかみにされ、悠斗はなんとか人混みの中を進み始めた。

だが、そういう時に限って悪いことが重なる。目の前を年配の女性が横切り、ドレスの裾《すそ》を踏みそうになった悠斗は焦って体勢を変えた。が、今度はトレイにシャンパンの入ったグラスを盛ったウエイターにぶつかりそうになる。

そして、大野がさらに腕を引っ張ったのがほぼ同時。

悠斗は見事にバランスを崩し、無様に転倒しそうになった。

「ああっ」

「白河！　……まったく……」

大野がとっさに抱きかかえてくれて、悠斗はなんとか転ばずにすんだ。みっともないことになるところだったが、大野のお陰で助かった。

『申し訳ありません。大丈夫でございますか、お客様？』

『い、いいえ、こちらこそ』

ウエイターからも心配そうに問われ、悠斗は大野に縋りつきながら、ようやく体勢を立て直した。

「す、すみません、課長」

「気をつけろ。まともに歩くこともできないのか？」

呆れたように言う大野から慌てて離れようとした、その時――。

「あっ」

悠斗は鋭く息をのんだ。

すぐ目の前に、この場にいるはずのない長身の姿があった。

リュシアンだ。

白のトーブを着て、上から同色のガウンを羽織っている。金糸や銀糸で複雑に刺繍《ししゅう》が施された煌びやかな民族衣装だ。金髪の頭を覆う白のゴトラも普通に見かけるものとは違う。ゴトラを留めるイガールは髪に合わせた金色で作られていた。装飾も見事なものだ。

そして素晴らしい衣装を引き立てる首飾りや腕輪の数々……。

それらがすべて、リュシアン自身の美をさらに輝かせる要素となっている。

文字どおり夢の中から現れたかのような美しい皇子の姿に、悠斗は大野に縋ったままの体勢で、しばらく声すらも出なかった。

でも、どんなに眩しい姿でも、リュシアンに間違いない。

高貴に整った顔は、毎夜夢に見ていた彼だ。

何よりも、この青く澄みきった瞳……。

見つめられただけで頬が熱くなり、胸が高鳴った、あのリュシアンの瞳だ。

悠斗に気づいたリュシアンが、その青い瞳を僅かに見開く。

ああ、やっぱり夢じゃない。

リュシアンだ。リュシアンがここにいる。

「あ……」

悠斗は大きく胸を喘がせた。

恋しいリュシアンに再び巡り合えた喜びと驚きで、声どころか涙すら出てこなかった。

『……アルト……』

天鵞絨《ビロード》のようになめらかで、かすかに甘さを含んだ声が鼓膜を震わせ、リュシアンの低い声が、自分の名前を呼ぶ。

そこで初めて悠斗の目から涙がひと筋こぼれた。

だが、奇跡の巡り合いに無粋に割り込んだ者がいる。

『アーキム殿下、日本のソウマからまいりました大野です。うちの者が大変な不作法をいたしまして、誠に申し訳ございません』

リュシアンの前で深々と腰を折った大野を見て、悠斗は怪訝な思いに駆られた。

今、アーキム殿下と呼んだ？

『馬鹿、おまえもすぐにお詫《わ》びを申し上げろ』

大野に容赦なく頭をわしづかみにされ、無理やり下げさせられる。

悠斗はわけがわからないままで、ずっと腰を折ったままの姿勢を保った。

『ソウマはずいぶんと未熟な社員を雇っているな。何か他のことで役に立つような使い方でもしているのか？』

先ほどとは違って冷ややかな声が響き、悠斗は目を見開いた。

だが俯いたままでは、リュシアンの顔色を窺うこともできない。

『はっ、いえ、これは……』

やり手と言われる大野も、返す言葉に窮している。

転びそうになった自分が悪いのだ。でも、たったそれだけのことで、どうしてこんな気まずい展開になっているのだろう？

それより、どうしてリュシアンは直接声をかけてくれないのか……。

だが、悠斗の疑問が解ける前に、肝心のリュシアンがその場から去ってしまう。

大野の手がどけられて、ようやく顔を上げた時、リュシアンはもうずいぶん向こうへと立ち去っていた。

「待って……」

慌てて追いかけようとしても、もう声も届かない。

「まずいことをしてくれた。おまえをぶつけて印象をよくするつもりだったが、まったく逆の結果になってしまった」

大野のぼやきを、悠斗は上の空で聞いていた。

せっかく会えたのに、リュシアンが行ってしまう。今すぐ追いかけないと、また彼を見失ってしまう。

それだけで頭がいっぱいだったのだ。

けれども、ひとつだけ先に確かめなければならないことがあった。

「あの、課長。あの方は本当にシュバールの皇太子殿下なんですか？　あの方、本当はリュシアンとおっしゃるんじゃないんですか？」

「リュシアン？　どこからそんな名前が出てくるんだ？　シュバールの王族は皆、だらだらと長い名前を持っているが、アーキム殿下のお名前にはそんなものはないぞ」

そっけなく否定され、悠斗は必死に食い下がった。

「でも、あの方の名前はリュシアンなんです！　それにあの方の髪は金色で」

「まったく、わけのわからんことを……。殿下のお母上、亡くなられた王妃はヨーロッパの方だ。殿下はそのお母上の血を濃く継がれたのだろう。とにかく、おまえの失態でこっちの計画は台なしだ。ホテルへ戻るぞ」

大野は語気荒く言い捨てて、きびすを返す。

「待ってください、課長。ぼくは……っ」

懸命に呼びかけても、大野は足を止める様子もない。

ソウマの社員としてシュバールに来た以上、私情を優先して動くことはできない。悠斗は後ろ髪を引かれる思いで、何度も背後を振り返りつつも大野のあとに従うしかなかった。

しかし、それらしい言葉はかけてもらえなかったが、あの皇子がリュシアンであることだけは間違いがない。一瞬にせよ、自分を認めて名前を呼んでくれた。それも間違いだったとは、どうしても思えなかった。

大野が言ったことが正しいなら、リュシアンは身分を隠すための偽名。そう考えるのがもっとも自然なことなのだろう。

†

ホテルに戻り、ひとりになってからも、悠斗はさらに考え続けた。

パリのホテルで本名を教えてもらえなかったのは、リュシアンが皇子という身分だったせいだろうか。

堕天使に高額の援助をしたり、自分に聖堂を贈ろうとしたり、リュシアンの行動はあまりにも常識外れで不可解だった。それも皇子という身分を当てはめれば、説明がつく気がする。

「……でも……、ぼくはこれからどうすればいいんだろう……」

タキシードの上着を脱いだ悠斗は、力なくベッドの端に腰を下ろした。

ドレスシャツのくるみボタンを外して、中からチェーンにつけた指輪を引っ張り出す。

ぎゅっとその指輪を握りしめ、悠斗は声もなく涙を溢れさせた。

やっと愛する人に再会できて、嬉しくてたまらなかった。あのパリの日々が夢ではないと証明されたからだ。でも、この状況は喜べるようなものじゃない。

リュシアンはシュバールの皇子だった。それも次期国王となる皇太子だ。

自分のようなただの外国人が皇太子のそばにいるなど、絶対に許されないだろう。身分違いも甚だしい。

だから、リュシアンは帰ってこなかったのだろうか……。

今になってそう思いつく。

あれが行きずりの恋だったとは、思っていない。あんなに愛し合ったのだ。あれがすべて遊びだったとは、どうしても思えなかった。

会いたくても会えなくて、眠れない夜を過ごし、今でもこんなに胸が痛い……。

だからリュシアンも……皇子もきっと、自分と同じで苦しんだはずだ。

「どうすればいい……諦めるなんて、できないのに……っ」

悠斗は胸の痛みに耐えきれず、指輪を握りしめたままで嗚咽を漏らした。

だが、その時、来客を告げるブザーが鳴る。

大野だろうかと、悠斗は慌てて涙を拭ってドアを開けに行った。

『ハルト・シラカワ様、アーキム殿下がお会いになりたいとのことですので、殿下の離宮までご同行いただけますか？』

そう言って丁寧に会釈したのは、白のトーブを着込んだ四十代ぐらいの男だった。背が高く、浅黒い肌で髭《ひげ》を蓄えている。

悠斗はドキンと心臓を鳴らせた。

『アーキム、殿下が……私に？』

答える声が震えてしまう。

『さようでございます。殿下は離宮のほうでお待ちです。服装などは気になさる必要はございません。そのまま私についてきていただければ』

男の言葉に、悠斗の胸は歓喜で震えた。

リュシアンに会える！

もう一度、会える！

しかし、それも一瞬のこと。悠斗はすぐに表情を曇らせた。

今の自分は大学生じゃない。ソウマの社員としてシュバールに来た以上、勝手な行動は慎むべきだ。

『申し訳ないですが、私は仕事でこちらに来ております。出かけるには、上司の許可を得る必要がありますので』

悠斗が気持ちを落ち着けてそう告げると、遣いの男は意外なほどあっさりと引き下がる。

『さようでございますか。それでは、のちほど改めさせていただきます』

一礼して去っていく男を、悠斗は追いかけたくてたまらなかった。

本当は仕事なんてどうでもいいのだ。すべてを放り出してでも、リュシアンに会いに行きたかった。

けれど、リュシアンはこの国の皇子。それを考えると、軽率な行動は取れない。

悠斗はため息をついて部屋のドアを閉めた。

再びひとりきりになり、悠斗は窓辺へと歩み寄った。

気持ちが高ぶって仕方ない。

パーティー会場でのリュシアンは、皇子という立場があったせいで、自分を無視したのかもしれない。現に使いの者を寄こして呼んでくれた。行きがかり上断ってしまったけれど、シュバールに滞在している間にきっと、再会する機会があるはずだ。

カーテンの隙間から覗くと、きれいな夜景が見渡せた。

小さな宝石を散りばめたような光のどこかに、愛する人がいる。

リュシアンは同じ土地で同じ空気を吸い、もしかしたら、自分と同じように、この夜景を眺めているかもしれない。

そう思っただけで、胸がしめつけられたように、せつなくなる。

悠斗は窓辺に立ち尽くしたまま、飽かずに夜景を眺めていた。

大野がふらりと部屋を訪ねてきたのは、それから三十分ほど経った頃だ。

「課長、こんな遅くにどうかされましたか？　何か問題でも？」

悠斗は大野を部屋に招き入れながら、来訪目的を訊ねた。

大野はすでにタキシードを脱いでおり、ポロシャツとスラックスという軽装に戻っている。

「何か問題でも、じゃないだろ。おまえ、アーキム皇子の誘いを断ったそうだな」

「え？」

「仕事だからと断ったそうじゃないか」

大野はそう吐き捨てて、断りもなくどさりとソファに腰を下ろす。

悠斗はその横で直立不動の体勢になっていた。

こんなに早く皇子の招待のことが大野に伝わるとは予想外だ。

「同行するには、課長の許しを得る必要があると、そう申し上げただけですが……」

「じゃ、俺が許可すれば、おまえは皇子のハレムへ行ってもいいんだな？」

「え？」

大野の言葉に、悠斗は首を傾げた。

ハレムというのは決していかがわしい言葉じゃない。しかし、今の言い方には何か引っかかるものがある。

「おまえ、あの皇子とわけありだったんだな。まったく、初な顔してやるもんだ」

「どういうことでしょうか？」

悠斗は眉をひそめて問い返した。

リュシアンとの関係を、いやらしいもののように言われるのは心外だ。

だが、大野は両手を広げてソファにもたれ、にやりとした笑みを浮かべながら見上げてくる。

「皇子は今夜の伽《とぎ》におまえをご指名だ」

「ええっ？」

「こっちのことは気にするな。さっさと離宮に行って皇子に抱かれてこい。さっきはとんでもなく心証を悪くしたと肝を冷やしたが、おまえのお陰で商談もすんなり契約にこぎ着けそうだ」

「課長、いったいなんのことをおっしゃっているのか」

「皇子は金に糸目はつけない。いくらでも、こちらの言い値を払うと仰せだそうだ」

「！」

あまりのことに悠斗は絶句した。

これではまるで身売りの話をしているようだ。

しかし大野は、パーティーの時とは打って変わって上機嫌だ。

「おまえの身ひとつでソウマの社運をかけた大口の契約が保証されるとはな。さすがシュバールの皇子。男の身体を買うにもスケールが違う」

「ちょっと待ってください、課長。それは何かの間違いだと……」

悠斗は思わず口を挟んだが、大野はまったく取り合わずににやにやしているだけだ。

「おいおい、もったいをつけるなよ。皇子の秘書が俺のところに電話してきて確かにそう言ったんだ。おまえ、皇子とは因縁があったんだろ？」

「それは……」

悠斗は答えようがなくて言葉を濁した。

「今さら隠すな。俺は別にそういった方面に偏見はない。詳しい経緯を詮索《せんさく》するつもりもない。とにかくおまえは皇子が飽きるまで、その身体を抱かせてやればいいいだけだ。心配するな。骨は拾ってやる。皇子に飽きられたら、いつでもソウマに戻ってこい。おまえの席はちゃんと確保しておいてやる。何しろおまえの功績によって、契約成立が確実になったんだからな。俺がうまく手をまわしておいてやるさ」

何もかも予想外のことばかりで、悠斗はどう答えていいかもわからなくなった。

社員の身体を使って契約の保証を得ようとは、いくら大野がやり手の課長でも気分が悪くなる。それに大野は、自分がこのままソウマから離れてしまうという前提で話している。

だが、悠斗の胸にはそれよりもっと大きな不安が芽吹いていた。

リュシアンが自分をお金で買おうとするなんて、とても信じられない。

誰がなんと言おうと、絶対に間違いだ。しかし、ここでそれを主張しても大野には取り合ってもらえそうもない。

結局は、リュシアンに会って直接確かめるしかないのだろうか。

「そろそろ迎えが来る頃だ。うまくやれよ、白河」

おかしげに言った大野に、悠斗は徐々に怒りを募らせていた。

いくらなんでも無責任すぎる態度だ。

「課長、離宮へは行ってきます。でも、課長が思っておられるような展開になるとは思えません。どうか、それだけはご承知おきください」

悠斗は大野を見据え、努力して冷静な声を出した。

この場でできることは、それが精一杯だった。

6

『アルト、よく来たな』

優しく声をかけられたとたん、悠斗は胸がいっぱいになった。

目の前に立っている長身の男は、間違いなくリュシアンだ。

リュシアン……いや、アーキム皇子は、白のトーブ姿だったが、ゴトラはもう取り去っていた。きれいにカットされた輝く金髪が剝き出しになっている。

一年前と少しも変わらない、美しく男らしい姿だ。

恋しさのあまり、懐かしさのあまり、嗚咽を上げながら抱きつきたかった。

でもその前に、色々とはっきりさせなくてはいけないことがある。

目が眩《くら》むように豪奢な部屋でふたりきりだった。

高い位置にある天窓にはモザイクが施され、天上からはシャンデリアが吊されている。

ダークスーツを着ているとはいえ、小柄で平凡な容姿の悠斗は、この華麗な宮殿内では完全に異分子だ。

それでもアーキム皇子は誘うように両手を差し伸べてくる。でも悠斗は、抱きしめられる寸前でそっと身体を退いた。

『どうした、アルト？』

皇子は訝《いぶか》しげに青い目を細める。

まったく疑うことを知らぬような態度に、悠斗はつきりと胸が痛くなった。

『ぼくをまだアルトとお呼びになるんですね？』

『おまえはアルトだろう？　それともハルトと呼んでほしいのか？　だったら、そのように呼ぶが……』

見当違いなことを言う皇子に、ハルトはゆっくり首を振った。

『ぼくの名前は悠斗です。でも、あなたがそう呼んでくださるなら、アルトでもいいんです。でも、あなたの名前はリュシアンではなかった……』

『ああ、そうだ。私の名はリュシアンではない。アーキムだ』

あっさり認められて、悠斗は唇を噛んだ。

アーキム皇子には悪びれた様子さえない。

『どうして、偽名を使われたのですか？』

『私が名乗ったわけではないぞ。最初に私をリュシアンと呼んだのはおまえだろう』

『そんな……っ』

これではまるで悠斗自身がいけなかったような言い方だ。

『おまえにちゃんとした別れも告げずにパリを去ったことを、怒っているのか？　あの時はやむを得ない事情があった。祖父が……シュバールの前王が倒れたとの知らせがあったのだ。予断を許さない状態が何日も続いた。おまえのことは気になっていたが、私はシュバールを離れられなかった』

『そう、だったんですか……でも……』

悠斗は口ごもった。

そういう事情だったなら、パリに戻れなかったとしても仕方がない。でも事情ぐらいは教えてほしかった。

それに悠斗はあのホテルに住所や電話番号を残してきた。しかし、皇子はその後一年近くの間、一度も連絡をくれなかったという事実も思い出す。

『会いたかった、アルト』

アーキム皇子はそう言いながら、すばやく悠斗の手を捕らえた。

ぐいっと引かれれば、悠斗の細い身体は簡単に皇子の胸に収まってしまう。だが、それでも悠斗は懸命に身をよじって皇子の腕から逃げ出した。

『や、やめてくださいっ』

『アルト、何故逃げる？　私が嫌いになってしまったのか？』

皇子はさも心外だと言いたげな様子だ。

『いいえ、そんなことはありません！　ぼくは今でもあなたを愛している。あなただけを愛してるんです……っ』

感情が高ぶって悲痛に言葉を迸《ほとばし》らせると、何故かアーキムは悲しげな表情になる。

『そうか、おまえは、そうだったな。いつも、ロマンチックなシチュエーションを求めていた。今でも普通に会いたいというだけでは駄目なのか』

『……殿下？』

何を差しての言葉なのかまったくわからなかった。

しかしアーキムは沈んだ様子で話し続ける。

『アルト、パリでは精一杯おまえのリクエストに応えたつもりだ。今もそうだ。おまえが望む展開に合わせるのはさほど苦労じゃない』

『ぼくが望む展開……ぼくのリクエストって、いったいなんのことですか？　もしかして、ぼくに聖堂を贈ろうとしてくださったことですか？　それとも、堕天使に援助を申し出てくださったこと？』

『おまえは聖堂を受け取らなかったそうだな。気に入らなかったのか？』

嚙み合わない話に焦りを覚え、悠斗は首を振った。

『気に入らないとか、そういう問題じゃありません。ぼくはあの聖堂が大好きになりました。あなたが……あなたがぼくに誓いの指輪を贈ってくださった場所だからです……っ』

『アルト、やっぱりおまえは可愛いな。頼むから機嫌を直して口づけさせてくれ』

ふいにまた皇子の腕が伸びて、きつく抱きすくめられる。

二度目は逃げようがなかった。

顎に皇子の指がかかり、上向かされたと同時に唇を奪われる。

「んぅっ……ん、くっ……ふ……っ」

一瞬の隙を衝《つ》いて熱い舌が口中深く潜り込み、いやらしく絡められた。

甘く激しい口づけに、悠斗は否応《いやおう》なく陥落させられる。

まだ話をしなければならないことが残っていた。たぶん色々誤解があるのだと思う。それをはっきりさせないうちは、キスなんかしちゃいけない。

頭ではそう思うのに、熱い舌で宥めるように口中を探られると、すぐに何も考えられなくなる。

一年間待ち続けた人だ。

恋しくて恋しくて……会いたくて会いたくて、たまらなかった人だ。

甘くキスされたいと、どれほど夢見ていたことか。

だから、一度唇を合わせてしまえば、悠斗には拒むことなど不可能だった。

「う、くっ……んぅ……っ」

絡めた舌をじっくり吸い上げられると、身体の奥が徐々に熱くなる。痺《しび》れるような疼きも生まれて、すぐに力も抜けてしまう。

キスひとつで蕩けさせられた悠斗は、ぐったりと皇子に縋りついた。

「んっ、……は、ふ……っ」

『アルト、やはりおまえを離してやるのは無理のようだ』

アーキム皇子はそう囁いたかと思うと、悠斗の膝裏に手を入れて、ふわりと抱き上げる。

息が上がってろくに抗議もできない間に、皇子は力強い足取りで部屋を横切っていく。

『あっ、だ、め……っ』

悠斗が下ろされたのは、今まで目にしたこともない巨大な円形のベッドだった。

天蓋から下ろされた外側の覆いは落ち着いた紺色の天鵞絨で、鮮やかな金色の房がついていた。それが左右に分けて束ねられ、その内側にも薄い紗の覆いがかけられている。

ベッドカバーも覆いと同じ紺色。それが斜め半分にきれいに折り曲げられていた。

悠斗が着ているのは、ごく普通の量販店で買った安物のビジネススーツ。豪華なベッドにこれほど似合わない格好はないだろう。

『アルト』

だがアーキムは、悠斗をベッドに寝かせると、すぐにそのスーツの上着を奪い去った。

「あ、やっ」

なんとか抵抗しようと思ったけれど、皇子にはとても敵《かな》わない。すぐにシャツをはだけられ、スラックスのベルトもゆるめられてしまった。

『どうして私を拒む？　久しぶりなのだ。おまえを愛させてくれ』

「あ……」

頬に片手を当てられて、哀願するように囁かれる。

青い瞳も悲しげに細められ、悠斗は胸を衝かれた。

拒みたいわけじゃない。その反対で、自分もアーキム皇子に抱かれたいと思っている。

我知らずすっと身体の力を抜くと、皇子が極上の微笑みを見せる。

『いい子だ、アルト』

宥めるように頬を撫でられると、もう何も言えなくなった。

『リュシア……』

『アーキムだ。これからは私のことをアーキムと呼びなさい』

『……アーキム……』

囁くように呼ぶと、アーキムがさらに笑みを深める。そうして整った顔が近づいて、そっと口づけられた。

「んっ」

アーキムは舌先で唇のラインをなぞり、そのあとするりと中までその舌を潜り込ませる。

先ほどよりしっとりした口づけに、悠斗はすぐ夢中にさせられた。

「ん、ふっ……んんっ」

濃厚なキスで唾液が混じり合い、くちゅりと濡れた音が響く。

あまりのいやらしさに耳を塞ぎたくなるが、それでもアーキムに口づけられているのは気持ちよかった。

ずっと長い間、この甘いキスを待っていたのだ。アーキムに抱かれることに焦がれていた。

思わず手を伸ばして首筋に縋りつくと、アーキムがようやく唇を離す。

『アルト、おまえはやはり可愛い。一度や二度では到底手放せない。どうだ、ずっとここにいる気はないか？　今の会社のことなら心配するな。おまえを所有していた男には、ちゃんと話をつけてある』

アーキムは、ベッドに横たわった悠斗を閉じ込めるように両腕をついていた。ごく間近でじっと見つめられる。

長い指で優しく髪を梳《す》き上げられると、胸がしめつけられたように痛くなった。

でもアーキムの話はどこか変で、不安も煽《あお》られる。

『……アーキム、殿下……ぼくを所有している男って、課長のことですか？　ぼくはソウマの社員ですけど、課長のものではありません』

悠斗が静かに告げると、アーキムの端整な顔が不快げに歪む。

『だが、あの男はおまえを抱いていた。おまえも縋りついていたではないか』

『もしかして、パーティー会場でのことを言っておられるのですか？　あれは、ぼくが転びそうになったのを助けてもらっただけで』

『そんなふうには見えなかったぞ。それに遣いの者の話では、あの男は、相応の金額さえ払えばおまえを譲ると言っていたそうだ。おまえを所有しているからこその言葉だろう』

腹立たしげに吐き捨てたアーキムに、悠斗は心底わけがわからず目を見開いた。

確かに大野はそれに近いことを言っていた。でも、アーキムの話が事実だとは、とても信じられない。

これではまるで、自分がお金でやりとりされる物になってしまったようだ。

『ぼくは……ぼくは、違います！　そんな……っ、お金で売り買いされるような人間ではありませんからっ』

激しく首を振りながら抗議すると、アーキムの青い目が訝しげに細められる。

『アルト、おまえが金だけで動く人間だとは思っていない。しかし、最初はそうだっただろう？　パリで最初に会った時だ。おまえは元伯爵に命じられて、私の元へ来ただろう？』

今度は悠斗が首を傾げる番だった。

『……なんの、話、ですか？　ぼくはラファエルに頼まれて、あなたを捜していただけで、元伯爵なんて人のことは知りません』

『だが、おまえは純情可憐《かれん》なふりで、私に近づいた……ロマンチックな恋を演出するのが好きだと言うから、私もそのようにつき合った』

『……リュシ……アーキム……？』

何かとても恐ろしいことを聞かされた気がして、声が震える。

『もちろん今は、おまえが見かけどおりに純真な心を持っているのはわかっている。おまえは性悪な男娼などではない』

『男……娼？』

悠斗は呆然とくり返した。

いったい誰が男娼だと？　まさかリュシアン、いや、アーキム皇子は、自分を男娼だと思っていたのか？

悠斗の脳裏には様々なシーンが蘇《よみがえ》った。

月明かりがきれいな庭で運命的な出会いを果たした。

甘く口づけられた瞬間から、悠斗は恋に落ちた。

リュシアン、いやアーキム皇子も同じ気持ちだと思ったから、彼についてホテルへ行き、幸せな二日間を過ごしたのだ。

けれども今にして思えば、リュシアンにはいつもおかしなところがあった。

その理由がやっと明らかになる。

胸の奥がすうっと凍りついていくようだった。

恋していたのは自分だけで、アーキムは最初からなんとも思っていなかったのだ。

パリで見捨てられた時点で気づくべきだったのに、夢中になっていた自分は露ほどの疑いも持たず、リュシアンを待ち続けていた。

『アルト、おまえを傷つけたなら、謝ろう。とにかく、私はおまえを気に入っている。だから、私の元に留まってもらいたい』

『ぼくは……男娼なんかじゃありませんっ……誤解、です！』

激しい口調で言い返すと、皇子は宥めすかすように頬を撫でてくる。

『だからアルト、私が悪かった。おまえがそう言うなら、もちろんおまえを信じる』

『でも、どうしてぼくが……？』

悠斗が眉をひそめると、アーキムは僅かに唇を歪めた。

『元伯爵からおまえを伽によこすと耳打ちされていた』

『伽？』

『そうだ。私が買わなければ、おまえは他の男の元へ行くだけだ。元伯爵にそう言われて、私はひどく不快だった。だから、おまえの言動を見ていて、おかしいとは思いつつも、おまえがそういう演出をしているのだと思っていた。しかし、私が抱いた印象は間違ってはいなかった。そうだろう、アルト？　おまえは男娼なんかじゃない。本当に純粋な人間だった。私が悪かった。許してくれ、アルト。そして、頼むから機嫌を直して、私の元に留まると言ってくれ』

悠斗はたまらなくなって涙を滲《にじ》ませた。

ひどい誤解をされていたが、その疑いはなんとか晴れたようだ。

そばに置いておきたいと言われると、今でも嬉しくて胸が震える。

でも、今にして決定的にわかったことがある。

自分はアーキムから愛されていたわけではなかったのだ。

ただ、珍しい玩具《おもちゃ》が手に入ったから放したくない。それだけの理由で、アーキムは自分をそばに置こうとしている。

『アルト、どうして泣く？　言っただろう。私はおまえのことが気に入っている。おまえが望むなら、なんでも叶《かな》えてやろう。欲しいものがあれば、そう言えばいい。そうだ、おまえのためにひとつ離宮を用意させよう。私は時間が許す限り、毎日でもおまえに会いに行く』

魅惑的な声で囁かれ、悠斗の心はさらに冷えていった。

悠斗は頰を撫でるアーキムの手をそっと振り払った。

『お話がそれだけでしたら、ぼくは帰ります』

『なん、だと？』

信じられないといったように青い目を見開いたアーキムから、悠斗はすっと視線をそらした。

そして逞《たくま》しい胸を押しのけるようにして、上半身を起こす。

『待て、アルト。話はまだ終わっていない』

『もう話すことはありません』

静かに拒絶すると、アーキムはムッとしたように手をつかんでくる。

『アルト、誤解していたことは謝ると言っているだろう。何故、機嫌を直さない？』

悠斗はできる限り冷たい視線で皇子の青い瞳を見返した。

『アーキム殿下には、私の気持ちなど一生ご理解いただけないでしょう。でも、ひとつだけ、お願いがあります。もし、あなたに少しでも人間らしいお心があるのなら、今回のことでソウマとのビジネスを白紙に戻すような卑劣な真似だけはなさらないでください』

『なんだと？』

プライドを傷つけるような言い方をしたせいで、アーキムの目が不快げに眇められる。

それでも悠斗は心を鬼にして言葉を続けた。

『大野は確かにまずい対応をしたと思います。ですが、それにも目を瞑《つむ》っていただければ幸いです。今後は裏でおかしなやりとりなどせず、誠実な営業努力をすべきだと、大野にはそう進言しておきます。ですから殿下もどうぞ、私情を交えずまっとうにビジネスを続けていただけるよう、お願い申し上げます』

どこからこんな冷ややかな言葉が出てくるのか、不思議だった。

アーキムもさすがに驚いたように、無言をとおしている。

激しい痛みを訴えていた胸も、今はただぽかりと穴が空いたようだ。

失ったものが大きすぎて、涙さえも止まってしまった。

今はなけなしのプライドを掻き集めて、ここから引き揚げるだけだ。

しかし、悠斗が静かにベッドから下りようとした時、再びアーキムの腕が伸びてくる。

ぐいっと手首を握られて、悠斗はアーキムを振り返った。

『お離しください、殿下』

『離さぬ』

短く吐き捨てられて、悠斗は焦りを覚えた。

皇子を冷たく突き放すなど、一世一代の演技だ。なのに、ここで引き留められては次にどう応じればいいかわからない。

『アルト、私はそうやすやすとおまえを帰したりはしない。私はすっかり悪者にされたわけだ。それならそれで、やりようがある』

再びぐいっとアーキムの腕に捕らえられ、悠斗の不安は増した。

『な、何をなさる気……ですか？』

『おまえは私を卑劣漢扱いした。ならば、おまえの言ったとおりのやり方をしてやるまでだ』

アーキムは底冷えのするような声でそう告げた。

悠斗の冷ややかな演技など、到底及ばない。

凄《すご》みのある目で見据えられ、心底恐怖を感じる。

『リュシアン……？』

我知らず、馴染《なじ》んだ名前を口にすると、アーキムの青い目に、さらに冷たさが増す。

『残念だが、私はリュシアンではない。アーキムだ。それにここはパリではない。シュバール王国だ。アルト、おまえをここで飼い馴らしてやる。逃げ出さないようにおまえをこのベッドに繋《つな》ぎ、私の望みどおりに可愛らしい泣き声を上げるまで、徹底しておまえの身体に快楽を教え込んでやる』

「な……っ」

あまりのことに、悠斗は言葉を失った。

そしてアーキムは、言葉どおり悠斗を繋ぐための準備にかかる。悠斗の片手を押さえたまま、手早く長い首飾りを外す。そしてその輝く首飾りをぐるぐると悠斗の手首に巻きつけた。

『やっ、やめて、くださいっ！』

悠斗は遅ればせながら叫んだが、アーキムの動きは止まらない。懸命に阻止しようともがいたが、もう片方の手首にも宝石つきの細い首飾りを巻きつけられてしまう。

そしてアーキムは、その首飾りの端を、ベッドヘッドの彫刻の出っ張りに引っかけてしまったのだ。

まるで万歳でもするような格好になり、悠斗は心底焦って抗議した。

『や、こんなの……っ、は、離してくださいっ』

強く手を引っ張ると、首飾りの鎖が肌に食い込む。

さすがに痛みが走り、悠斗はろくに両手を動かせなくなってしまう。

『それはおまえを彩る宝石だ。暴れなければ痛みはないはずだ』

冷たく言う皇子を、悠斗は懸命に見返した。

両手を縛《いまし》められ、両足もアーキムに押さえられた。

もう逃げ出すことはかなわない。でも、このままアーキムに屈してしまうのもいやだった。

『どうして、ぼくにこんな真似を？　帰してください！』

『おまえはそんなに私が許せないか？　だが、どんなに私を憎んでも、おまえを離してやる気はないぞ』

『ぼ、ぼくをどうなさろうと言うのですか？』

悠斗は怖いのを我慢して、必死に言い返した。

すると、アーキムは面白そうに口角を上げる。

悠斗が恐怖を感じていることなど、最初からお見とおしだとでも言いたげだ。

いくら言うことをきかせるためでも、こんなやり方はひどすぎる。

決して屈服するものかと、悠斗は固く両手を握りしめた。

『逆らう気、満々といった感じだな。しかし、無駄な足掻《あが》きだ、アルト。おまえの身体は快楽に弱い。そうだろ？　どこをどう刺激してやれば堕《お》ちるか、私が忘れたとでも思っているのか？』

アーキムに両肩を押さえられ、悠斗は息をのんだ。

ごく間近に真っ青な瞳があって、じっと見つめられただけで、身体の芯が疼いてしまう。

まるで、これから起きることに期待でもしているかのような反応が、自分でも信じられない。

それでもアーキムの言いなりに屈してしまうわけにはいかなかった。

『……は、離してください。こんなふうに拘束するなんて、ひどい……っ』

『おまえが暴れなければ、拘束はすぐに外してやろう』

アーキムはそう言って、ゆっくり悠斗の身体に手を伸ばしてきた。

まずは、布地の上から身体のラインを確かめるようになぞられる。

「……っ」

シャツの上からアーキムの手が胸を掠めただけで、悠斗はびくりと反応した。

『おまえは乳首が感じやすかった。もう硬く凝《しこ》っているようだ』

アーキムはそう言って、シャツの上からきゅっと胸の粒を摘み上げる。

「あぁっ」

ずきんと感じた痛みとともに、身体の奥が甘く痺れた。

感じてしまったのはお見とおしで、アーキムは満足げに微笑む。

『やはり感じやすい。しかし、無粋なものは取り除けたほうがいいな』

『や、やめてくださいっ、お願い、ですっ！』

悠斗は身をよじって懇願したけれど、アーキムはまったく聞く耳を持たなかった。

悠斗の両足を自らの足で押さえ込んだままで、乱暴にシャツをつかむ。

強く引っ張られたので、ブチブチッと音を立ててボタンが飛び散った。

できた隙間から、さっそくアーキムの大きな手が中に潜り込んだ。

『これは？』

「あっ」

つかみ出されたのは、チェーンにとおした指輪だった。

悠斗は反射的に顔をそむけたが、アーキムは指を子細に観察している。

『そうか、この指輪、こうやって大切に持っていてくれたのか』

『別に……なくさないようにしていただけです。それはもうお返ししますっ』

悠斗はアーキムから視線をそらしたままで、吐き捨てた。

どれだけ大切にしてきたかわからない指輪だ。

リュシアンが愛を誓う証として贈ってくれた。

そう信じていたけれど、今となってはそれも疑わしい。皇子はたまたま持っていた指輪のひとつを悠斗に与えただけなのだろう。

必死に堪えていないと、嗚咽を上げてしまいそうだった。

それだけはなんとしても耐えなければならない。

このうえ、みっともなく皇子に取り縋って泣くような真似だけはしたくなかった。

『もう、いらないのか……』

アーキムはなんの感慨もなさそうに呟いただけだ。

そして指輪を手から離すと、今度は胸の先端を摘み上げる。

「う、くっ」

指輪が胸に落ちると同時に感じた刺激に、悠斗はくぐもった声を上げ、びくんと大きく腰を揺らした。

刺激を受けたのは乳首だけだ。なのに、指輪への感傷など吹き飛ばすような快感が身体の奥深いところまで伝わっていく。

『やはり、おまえはここを弄《いじ》られるのが好きなようだ』

アーキムはおかしげに言いながら、さらに刺激を加えてきた。

悠斗は情けなさと惨めさで涙を滲ませた。

指できゅっと押し潰《つぶ》されると、じわりとした得体の知れない疼きに襲われる。先端がさらに敏感になって、軽く触れられただけでも、下肢までその疼きが伝わっていく。

「ううっ、……くっ」

こんな理不尽な扱いをされて反応などするものかと思うが、喘ぎを堪えきれない。

感傷ではなく、強制的に快楽を感じさせられることへの惨めさで、胸が張り裂けそうに痛んでいる。

なのに、繊細に愛撫を施されると、感じたくなくても身体中がびくびく反応した。

アーキムは左右交互に胸の突起を摘み上げ、散々弄りまわしてから唇を寄せてきた。

『可愛い粒だ』

「く、ふっ」

敏感になった先端に息がかかっただけで、ひくりと身体が震える。

舌でそろりと舐《な》められ、それからそっと口に含んで吸い上げられると、もうたまらなかった。

どうしてそんな場所がこれほど敏感なのかわからない。でも、ゆっくり嬲《なぶ》られると、まだスラックスをつけている中心まで徐々に形を変え始めてしまう。

アーキムはそれをすべて知っているのだ。

「あ、……っ、ふっ」

胸への口づけを続けながら、アーキムは下肢まで手を伸ばしてきた。そうして、形を変えた中心をやんわり握られた。

無意識に腰を揺らすと、顔を上げたアーキムがくすりと笑う。

『待ちきれなくておねだりかな？』

思わせぶりに中心を押さえられ、悠斗はますます追い詰められた。

アーキムの手でするりと下着ごとスラックスが下げられると、形を変えたものがあらわになる。

「ああっ」

『ずいぶん感じていたのだな、アルト』

アーキムはくすりとおかしげに笑いながら、そそり勃《た》った中心に触れてきた。直《じか》に握られると、さらに大きな快感の波に襲われる。

「くっ……ううっ」

悠斗は必死に喘ぎを嚙み殺したが、先端からじわりと蜜が滲み出すのは止めようがなかった。

『ほんとに感じやすくて淫らだ』

これ以上ないほど張りつめて揺れているものがアーキムの視線にさらされて、悠斗はかっと羞恥に襲われた。なのに、アーキムに見られていると思っただけで、また新たな蜜が溢れ出してしまう。

両手を拘束された、こんな一方的な行為で感じさせられるのはいやだ。

そう意地を張っても、身体の反応は止めようがなかった。

『ここを口で可愛がってやろうか？』

「！」

とんでもないことを訊ねられ、悠斗は息をのんだ。

以前にもされたことはある。けれどもあの時と今では事情が違う。

アーキムは一国の皇子だ。なのに、そんな奉仕をさせるなんて考えられない。

激しく首を振ると、アーキムはさも意外そうに片眉を上げる。

『どうした？　ここを口でしてもらうのは気に入っていたはずだが』

『ち、違いますっ、そんな……、気に入ってるなんてっ』

悠斗は赤くなった顔を必死にそむけた。

『違うとでも言いたいのか？　だったら、それが嘘だということを証明してやろう』

そう言ったアーキムが頭を下げてくる。

次の瞬間にはもう、張りつめた中心が温かな口にのみ込まれていた。

「ああっ、あっ……くふ……っ」

信じられないほどの気持ちよさに、悠斗は抑えようもなく甘い喘ぎを漏らす。

腰をよじって避けようと思っても、もう遅かった。

窄《すぼ》めた口で根元から先端まで何度も擦られる。敏感な部分に舌が絡みつくと、もう声を抑えていられなかった。

「あっ、ああっ」

悠斗は連続して甘い声を上げながら、びくびくと腰を震わせた。

感じている場合じゃないのに、与えられる愛撫があまりにも気持ちよすぎて、すぐに限界が近くなる。

『も、駄目っ、は、離して……っ』

悠斗は必死に首を振りながら頼み込んだ。

これ以上は我慢できそうにない。でも、シュバールの皇太子の口に欲望を吐き出すなんて、許されることではない。

だがアーキムは、悠斗の懇願を無視して口淫《こういん》を続ける。

「やあっ……あ、……ふっ……くぅっ」

悠斗は限界を超え、無意識に腰を突き上げた。

けれども、背中を弓なりにそらした瞬間、アーキムの口が離れる。

「うっ……うぅ」

もう少しのところで達《い》き損ねた悠斗は、呻《うめ》き声を上げた。

強く引っ張ってしまったせいで、首飾りを巻かれた手首にも痛みを感じる。

ひどい仕打ちに、悠斗は涙で曇った目で必死にアーキムをにらんだ。

怜悧《れいり》に整った顔には皮肉っぽい表情が浮かんでいる。

『アルト、ひとりで先に達くことは許さない。でも、安心するがいい。今宵は、おまえが今まで経験したこともないような快楽を教えてやる』

『いや、だっ、……ど、どうしてぼくに、こんなこと……っ』

『おまえが好きだからだ。決まっているだろう』

アーキムはなんでもないことのように言いながら、すっと際どい部分をなぞり上げる。

「あぁっ」

直接触れられたわけでもないのに、悠斗は思わず腰を突き上げた。

アーキムはくすりと笑い、腕を伸ばしてくる。

悠斗は何をされるのかと身構えたが、アーキムはベッドに引っかけてあった首飾りを外しただけだった。

けれども、ほっとする暇もなく、両手で腰をつかまれる。

「あっ」

くるりとうつ伏せの体勢を取らされて、悠斗は息をのんだ。

折った膝を大きく開き、アーキムに向かって腰を突き出す恥ずかしい格好だ。

けれど羞恥で真っ赤になっていると、もっと衝撃的なことが起きた。

アーキムの手が双丘にかかり、いきなり恥ずかしい窄まりを割り開いたのだ。

何もかも一瞬のことで、腰をよじって避ける暇さえなかった。

『ここは、相変わらずきれいだな。もしかしたら本当に、おまえを抱いた者はいなかったのか?』

アーキムはそう言いながら、固く閉じた窄まりに指を這わせてくる。

自分に対する執着など、この場だけのこと。それをアーキムの言葉で再認識させられて、悠斗はさらに傷ついた。

自分にはリュシアンだけだったのに、彼のほうは違う。悠斗が一夜だけの相手でもかまわなかったのだ。

「や、……っ」

悠斗は前のめりで距離を取ろうとしたが、すかさず腰を押さえられて引き戻された。

そのうえ、とうとう長い指が中に埋め込まれた。

「んんっ……ぅ、くっ……ふ」

悠斗は必死に両手を握りしめて、圧迫感に耐えた。

最初は指先をほんの少しだけ、それが徐々に深くなって根元まで。

アーキムはゆっくり後孔を掻きまわしながら、もう片方の手で前にも刺激を与えてきた。

前後両方に絶妙の愛撫をほどこされ、悠斗は再び追い詰められた。

「ああ……あっ……」

『気持ちいいか、アルト？　ここ、だろう？』

アーキムは言葉と同時に、中に挿し込まれた指でくいっと敏感な壁を抉る。

「や、あぁ……っ」

いちだんと強い刺激に襲われて、悠斗は高い声を上げた。

びくっと腰が浮き上がり、その反動で達してしまいそうになる。

それなのに、とっさにアーキムの指が根元に絡みついて、またしても放出を阻まれた。

『アルト……』

背中から覆い被さったアーキムがゆっくり指を抜き取って、耳朶に息を吹き込むように、熱く囁く。

魅力的な低音が鼓膜に達した瞬間、ぞくりと身体の芯が震えた。

「くっ……うぅ……っ」

『素直に感じているおまえは、最高に可愛いぞ。だが、達くのは私を受け入れてからだ』

アーキムはそう言ったと同時に悠斗の腰を抱え直した。

ひときわ大きく足を開かされ、恥ずかしい窄まりを剝き出しにされる。そして、たっぷり濡らされた場所に漲《みなぎ》ったものを押しつけられた。

「……あ……っ」

熱い感触に、身体の芯が甘く痺れる。

期待していた状況ではなかったが、この瞬間を待ち望んでいた。

アーキムはゆっくり硬い切っ先をめり込ませてくる。そのまま奥までぐうっと灼熱《しゃくねつ》の杭《くい》をねじ込まれた。

「うっ……くっ！」

充分に潤され、やわらかくなるまでほぐされていた。それでも巨大なもので容赦なく開かれて、痛みが走る。無意識に前へ逃げようとすると、腰をぐいっと引き戻される。

『私から離れることは許さない。おまえだって私を待っていたはずだ』

次の瞬間、腰をかかえるアーキムの両手に力が入り、最奥《さいおう》まで一気に巨大なもので貫かれる。

「あ、あぁ――っ」

根元まですべてを咥え込まされて、悠斗は高い声を上げた。

どくどくと力強く脈打つものが、信じられないほど深くまで達している。

『アルト……気持ちがいいか？　おまえの身体は男に抱かれるようにできているな』

ひどい言葉に胸が痛む。

けれども甘く囁かれると、まるで条件反射のように巨大なものを咥え込んだ内壁がとろりと痺れた。

『ち……がう……っ』

悠斗はゆるく首を振った。

反応するのは、相手がアーキムだからだ。

ひどい圧迫感で苦しいけれど、アーキムだから中が熱く疼く。

『アルト、ゆっくり可愛がってやろう』

アーキムは悠斗の中心に手を伸ばしてやわらかく握りしめた。そうしてゆっくり腰を揺さぶり始める。

「あ、ああ……っ」

敏感な壁を嫌というほど抉りながら、灼熱の杭が引き出される。そして全部抜け出す寸前で、また奥までねじ込まれた。

ゆったりした動きは悠斗をとことん味わっているかのようだ。
けれどアーキムが動くたびに、身体の奥から深い快感が湧《わ》き起こった。
これは違う。
こんなふうに抱かれたかったわけじゃない。
『可愛いアルト、おまえは素敵だ……』
「ああっ、あっ……あ、ふ……ぅぅ」
アーキムに最奥を突かれるたびに、甘い嬌声《きようせい》が迸る。
けれど、感じれば感じるほど、悠斗の胸は痛みを訴えた。
こんなにも愛しているのに、アーキムの心はここにない。
自分はただ、飽きたら捨てられる愛玩物として抱かれているだけだ。
それなのに、アーキムを感じるたびに身体の奥から悦びが湧き上がってくる。
『私から離れるのは許さない。おまえは私だけのものだ。いいな、アルト?』
それが心からの言葉なら、どんなに嬉しいか。
でも皇子の執着は一過性のもの。悠斗が寄せている気持ちとはまったく違っている。
だけど、動きが徐々に速くなると、もう何も考えていられなくなる。
「ああっ、あっ……くぅ」
悠斗は激しく揺らされながら、嬌声を上げ続けるだけだった。

『アルト！』

ひときわ強く最奥を抉られた瞬間、悠斗は強烈な快感とともに上りつめた。

中のアーキムも熱い欲望を放つ。

「あ……あ、あぁ……」

ひとつに繋がった喜びと、果てしなく心が離れている痛み。両方でいっぱいになりながら、悠斗はふうっと意識を手放した。

7

悠斗は豪奢な天蓋つきのベッドでゆっくり目を覚ました。

昨夜無理やり快楽を覚えさせられた身体が重い。泣きすぎでまぶたが腫《は》れぼったく、悠斗はことさらゆっくりと目を開けた。

汚れはきれいに拭われ、清潔なシルクのパジャマを着せられていたが、身体のあちこちがきしみを上げている。

手首には首飾りを巻きつけられた赤い痕《あと》がうっすらと残っていた。

そのまま胸に手を当てて、悠斗ははっとなった。

「指輪……」

チェーンにとおし、いつも肌身離さず持っていた指輪がなくなっている。

「う……っ」

慌てて身を起こそうとすると、あらぬ場所にも鈍い痛みを感じた。だが、それと同時に、甘い痺れも感じて、悠斗は唇を噛みしめた。

アーキム皇子は何度も何度も容赦なく悠斗を抱いた。

泣いて許しを請《こ》うまで、永遠に終わりがこないのではないかと思うほど、徹底して身体を貪られたのだ。

こんなふうに抱かれたかったわけじゃない。

アーキム皇子が感じているのは、逃げ出そうとした者への執着だけだ。

自分を愛しているから抱いたわけじゃない。

それなのに、自分は皇子に抱かれて嬉しいと感じていた。とことん貪り尽くされて、快楽に溺《おぼ》れさせられて、でも、アーキムとひとつになれたことが嬉しかった。

運命の恋だと信じていたのは自分だけ。そう思い知らされたのに、皇子を嫌ってしまえない。

嫌いになれたらどんなにいいかと思うのに、自分はまだ皇子を愛している。

いや、そんな生ぬるい感情じゃない。

こんなひどい行為をされたにもかかわらず、一年前よりもっと皇子を恋する気持ちが強くなっている。

「愛されているわけでもないのに……」

ぽつりと口に出してみて、悠斗は胸を切り裂かれたかのような痛みを感じた。

運命の恋、その証だった指輪さえ今は見つからず、どう自分を奮い立たせていいかもわからない。

このまま心を閉ざし、皇子を憎んでしまえたら、どんなにいいか……。

でも、皇子を愛する気持ちを抑えることは不可能だ。

「とにかく、このまま宮殿にいるわけにはいかない。一度ホテルに戻って課長と話をして……すべてはそれからだ。こんなところで情けなく落ち込んでる場合じゃないから」

悠斗は己を叱咤《しった》して、ベッドから抜け出そうと上掛けを払いのけた。

すると、どこかで様子を見ていたかのように、民族衣装を着た離宮の使用人が姿を現す。

悠斗をホテルまで迎えに来た男だ。

『アルト様、お目覚めになられましたか』

『あ、あの……』

悠斗は羞恥で顔を赤くした。

この使用人は自分が皇子に抱かれたことを知り尽くしているだろう。まともに目を合わせることもできず、悠斗は俯いた。

だが、男は気にしたふうもなく、悠斗の世話を焼き始める。

この宮殿は英国風のやり方なのか、ワゴンで運ばれてきたのは朝の紅茶だった。

白地にきれいな小鳥の模様の入ったポットから同じデザインのカップへと、香り高いお茶と温めたミルクが注がれる。

『どうぞ、お召し上がりください』

喉《のど》の渇きを覚えた悠斗はベッドに半身を起こしたままで、差し出された紅茶を飲んだ。

『朝食はこちらへお運びしますか？　それとも、外の景色が楽しめる階上の庭園でお取りになりますか？　コンチネンタルでご用意しておりますが、ご希望でしたら日本風のものもご用意できます』

丁寧に勧められたけれど、悠斗はゆるく首を振った。

『朝食はけっこうです』

短く断ると、男はすかさず問い返してきた。

『ご気分がお悪いのでしょうか？』

優しい言葉をかけてくるのも、皇子の命令だからだろうか。

腹の中ではこの人も、皇子が男に手を出していることを苦々しく思っているかもしれない。

悠斗はそんな想像をして、深いため息をついた。

なんだかマイナス思考に走っている気はするが、どうしようもなかった。

『別に気分が悪いわけじゃありません。食欲がないだけです。それより、ぼくの服はどこでしょう？　できればすぐにでもこちらから失礼したいと思いますので』

『申し訳ございませんが、それはできません』

『できない？　それはどういうことですか？』

『はい、アルト様にはこの宮殿にお留まりいただくように、とのことでございます』

なんでもないことのように言われ、悠斗は眉をひそめた。

『ぼくを閉じ込めるってことですか？』

思わず咎《とが》めるようにたたみかけたが、男はそれには答えず事務的に言葉を続ける。

『殿下は、アルト様がこの宮殿で快適にお過ごしになられることをお望みです。我々も精一杯お世話をさせていただきますので、ご希望があればなんなりとお申しつけください』

言い方は丁寧だが、絶対に反撥など許さないといった雰囲気だ。

『皇子はぼくを籠の鳥にするつもりですか？』

苦々しく訊ね返してみたが、男は顔色ひとつ変えなかった。

悠斗はもう一度硬い口調で要望を告げた。

『ぼくの服をお願いします』

『お召し物は隣の部屋にご用意してございます。どういったものがお好みか、ご希望をお伺いできれば、すぐこちらにお持ちします』

慇懃《いんぎん》な使用人に、悠斗は内心でため息をついた。

すべては手配ずみ。この言い方からすると、悠斗が着るための服が何着も揃っているのだろう。

だが、使用人の言いなりになっているわけにはいかない。

『自分で行きますので、案内していただけますか？』

『かしこまりました。どうぞ、こちらへ』

悠斗はするりとベッドから両足を下ろした。

立ち上がろうとした時、軽く目眩《めまい》がしたが、なんとか堪えて男のあとに従う。

パリのホテルでもそうだったので、隣室にクローゼットが用意されていることは最初から想像していた。しかし、ドレッシングルームに一歩足を踏み入れて、悠斗は驚きのあまり、目を見開いた。

どっしりとした重厚なクローゼットやチェストがいくつも置かれているのは当然として、全身を映し出す鏡の数も半端なかった。壁の一面がすべて鏡張りになっているのをはじめ、スタンドタイプや卓上の置き鏡など、数十は用意されている。

そして広いフロアには、ソファや長椅子なども完備していた。

世話係の男はクローゼットから、悠斗に着せるための衣装を見繕っている様子だ。

徐々に怒りを募らせた悠斗は、きつい視線で男を見上げた。

『ぼくの服はどこでしょうか?』

『は、申し訳ございませんが、殿下のご命令でアルト様がお召しだったものは処分させていただきました』

『処分?　人のものを勝手に捨ててしまったのですか?』

世話係に噛みついても、仕方がないのはわかっていたが、どうにも怒りが収まらなかった。

この煌びやかな宮殿内で、安物のスーツなど着ていられては困る。そういうことなのだろうが、納得はできない。

『申し訳ございません。似たタイプのスーツでしたら、こちらにございますので』

宥めるように言われ、悠斗はふいにむなしさを覚えた。

この人はアーキムの命令で動いているだけで、悪気があるわけじゃない。

だが、自分を籠の鳥扱いにしろと命じたアーキムには怒りしか覚えなかった。

『では、バッグとかはどこですか？』

『は、それでしたら、こちらに』

男は壁際に置かれたチェストの引き出しを開ける。

しかし、何気なくバッグの中を見て、悠斗は再び怒りを煽られた。

携帯端末がなくなっている。財布はそのままだったが、パスポートもなくなっていた。

これもきっとアーキム皇子の命令でなされたことだろう。悠斗をホテルに帰すつもりがないのは明らかだった。

『ひとりにしていただけませんか？』

男を振り返った悠斗は、冷ややかな声でそう言うしかなかった。

使用人が退出したあと、悠斗はクローゼットの中から引っ張り出したポロシャツとスラックスを身につけた。山のように用意された衣装の中ではもっともシンプルで地味なものだが、これもおそらく有名デザイナーの服で、値段も恐ろしいほど高いだろう。

アーキム皇子は自分をこの宮殿で飼うつもりなのだろうか。

――私のそばから離れるな。

皇子にはそう言われたけれど、悠斗はもうその言葉の持つ意味を誤解したりはしない。

この宮殿で籠の鳥状態にされたのも、けっして愛されているからではなかった。

皇子が飽きるまでこの宮殿にいて、大人しく抱かれていろ。

それだけの意味しかなかった。

†

悠斗は着替えを終えたあと、一番になくした指輪を探した。

しかし、きれいに整えられたベッドの中にも、そのまわりにもチェーンにつけた指輪は見当たらなかった。

となれば、落ちているのを見つけた使用人が片付けてしまったのかもしれない。

そう思って、クローゼットの引き出しも調べてみたが、山のように用意された時計やカフス、その他のアクセサリー類の中にもあの指輪はなかった。

もしかして、アーキム皇子が持ち去ったのだろうか。

たとえ遊びにしても、指輪は愛を誓った証拠品。そんなものをいつまでも後生大事に持っていられては困るから……？

いやな想像に、悠斗は思わず込み上げてきそうになった嗚咽を必死に堪えた。

他にはやることもなく、悠斗はただ外の景色が見える窓辺に腰を下ろし、ぼんやりとアーキム皇子を待ち続けるだけだった。食欲はまったくなかったので、ランチも断っていた。

アーキム皇子が側近を伴って部屋に戻ってきたのは、その日の午後も遅くなってからのことだった。

今日の皇子は民族衣装ではなく、すっきりとしたライトグレーの三つ揃いを着ていた。シャツは白で淡いクリーム色のタイを合わせている。

そばに控えた側近もダークスーツ姿。パリでも皇子の秘書役を務めていた、カシムという名の長身の男だ。

「リュシ……っ」

悠斗は思わずドキリと心臓を高鳴らせたが、そのあとすぐに頬を強《こわ》ばらせた。

西洋風のスタイルだったから、一年前のリュシアンが戻ってきたのかと勘違いしそうになった。だが、どんな格好だろうと、ゆったり近づいてくる男は、この国の皇子だ。

『アルト、食事をしていないそうだが、どこか具合が悪いのか？』

アーキムは開口一番、さも心配そうに訊ねてきた。

悠斗のそばに両膝をつき、額に掌を当てて熱がないかを確かめている。

もしかして、アーキムは本気で自分のことを案じてくれているのだろうか。そう思っただけで、胸が疼くように痛くなる。

自らの希望に縋るような真似をしても、なんの意味もなかった。

でも、そんなはずはない。

『別に、なんでもありませんから』

悠斗はそう言いながら、アーキムの手から逃れようと、上半身を引いた。

そのとたん、青い目が不快げに眇められる。

『なんでもないなら、何故食事を取らない？』

『食欲がないだけです』

言葉少なに答えると、アーキムは驚いたように手を伸ばしてきた。

『すぐに医者を呼ぼう。とにかくおまえは横になっていたほうがいい。私がベッドまで連れていこう』

心配そうに言ったアーキムに抱き上げられそうになり、悠斗は慌てて手を振った。

『大丈夫です。お医者さんなんていりません。大騒ぎするほどのことではありませんから』

『いや、大丈夫じゃないだろう。おまえはまだシュバールの気候に慣れていない。それに昨夜は考えなしに無理をさせた。万一ということもある。おまえが倒れてしまったら、私は自分で自分が許せなくなるではないか』

ぎゅっと、さも大切そうに抱きしめられて、悠斗は泣きたいような気分になった。

昨夜は無理やりのように抱かれたけれど、この人はいつだって基本的には優しいのだ。

だから、勘違いしてしまう。

その優しさが自分だけに向けられるものだと勘違いしてしまう。

けれど、このままでいたら、もっと泥沼に嵌《は》まってしまうだけだ。

『殿下……それより、ぼくの携帯端末とパスポート、返していただけませんか？』

『ん？　なんのことだ？』

アーキムは本気でわけがわかっていないように問い返してくる。

『ぼくの服を捨てさせて、パスポートと携帯端末も取り上げておくように命令なさったのでしょう？』

悠斗は誤魔化《ごまか》されないぞとの決意を漲らせて、じっとアーキムの青い瞳を見据えた。

『なんだ、そんなことか……おまえが離宮から勝手に出ていかないようにしておけと言っただけだ。服のことは知らない』

あっさりと言われ、悠斗は返す言葉に窮した。

そう、この人は皇子なのだ。望みを口にするだけで、使用人たちがそれと察して的確に処理していく。だから、細かなことを知らないのも当然だった。

『では、返してもらえるように言ってください』

悠斗がそう口にすると、アーキムはふいににやりとした笑みを浮かべる。

『アルト、おまえがずっと私のそばにいると約束してくれれば、返すように命じよう。もちろんそのつもりでいるとは思うが、念のためだ。もう一度聞きたい』

アーキムは悠斗の肩を抱き寄せたままで、からかうように言う。

悠斗はゆるく首を振った。

『でも、ぼくはここにはいられません』

『どうしてだ、アルト。こんなに愛しているのに』

アーキムは甘い声で囁く。

「んっ」

耳に熱い息がかかって、悠斗はびくんと身体を震わせた。

『可愛いな、アルト。頰が赤くなっている。さあ、約束してくれ。ずっと私のそばにいると』

『そ、それは……でき、ません……っ』

悠斗は必死に叫んで、アーキムの腕から逃れた。

しかし、すぐさま手首を捕らえられて、引き戻される。

「ああっ」

バランスを崩した悠斗は、アーキムの膝に背中から倒れ込んだ。

『私に逆らうなら、本気で閉じ込めるぞ。そうだな、この細い手首や足に、金の装飾を施した輪をつけて、ベッドに繫いでおくというのはどうだろう？　出会った時のように踊り子の衣装も着せようか。どこにも行かずに、ベッドの上で私の帰りだけを待っているアルトは、さぞ魅力的だろう』

アーキムはそう言って、優しく宥めるように頬を撫でる。

膝の上に寝かされているような格好では、どこにも逃げようがない。それでも悠斗は理不尽な言い方に反撥した。

『や、めて、くださいっ……ぼくは、男娼なんかじゃありません』

思わず叫ぶように言うと、とたんにアーキムの表情が曇る。

さも悲しげに青い目を細められ、悠斗の胸にはずきりと痛みが走った。

『おまえが純真無垢《むく》だということは、もうわかっている。誤解していたことを、まだ許してくれないのか?』

『でも、踊り子の格好でベッドに繋ぐなんて……』

『アルトは素肌がきれいだ。踊り子の衣装はそれを引き立たせるための単なる飾りだ。私が本気でそんなひどいことをすると思ったのか? 悲しいぞ』

ほうっとため息をつくアーキムに、悠斗の心は揺れた。

もしかして、アーキムは本当にそばにいてほしいと思っているのだろうか?

永遠になんて贅沢《ぜいたく》は言わない。ほんの少しの間でもいいのだ。

アーキムが本当に自分を愛してくれて、それでそばにいてほしいと言うなら――。

でも、そんな都合のいい、夢のようなことが起きるなんて、今はもう信じていられない。

悠斗はゆっくりと身を起こした。逆らうような素振りは示さなかったので、今度はアーキムも上体を起こすのに手を貸してくれる。

元どおり、アーキムと並んだ悠斗は静かに訊ねた。

『殿下……ぼくにくださった指輪……見つからないんですけど』

『指輪？　あれなら返してもらった』

『えっ？』

あっさり真相を告げられた衝撃で、悠斗は顔色を失った。

あれだけが唯一、幸せな日々を象徴するものだった。あの指輪がある限り、まだ夢を見ていられる可能性があったのに。

『あれは母の形見だが、さほどの価値はない。おまえにはもっといいものを贈ろう。サファイヤでもエメラルドでもダイヤでも……好きな宝石があるなら遠慮せずに言いなさい』

アーキムの声は遥《はる》か離れた場所から響いてくるようだった。

何を話しているかもよく聞き取れない。

身分が違うから価値感も違う。悠斗が大切にしたいものは、アーキムにとってどうでもいいことなのだ。

『ぼくを帰してください。もう、ここにはいたくありません』

悠斗は低く掠れた声で告げた。

『アルト？』

さすがに様子がおかしいと思ったのか、アーキムが窺うように顔を覗き込んでくる。

悠斗は目が合わないように、そっと横を向いた。

『昨夜、ぼくを抱いて、もう満足なさったでしょう？　ぼくはあなたの都合のいい時だけ相手をさせられるのはごめんです。ぼくには仕事もある。だから、これで失礼させてください』

悠斗は心を鬼にして言い放ち、毅然《きぜん》と立ち上がった。

だが、一度目と同じで、二度目もあっさり引き留められてしまう。

ほとんど同時に長椅子から立ったアーキムは、素早く悠斗を抱きすくめた。

『なんという言い方をする？　私をわざと怒らせようというのか？　アルト、おまえは私を愛していると言った。なのに、何故私を拒絶する？』

容赦のない糾弾に、悠斗の胸は張り裂けそうだった。

『愛してます！　あなたを今でも愛してます！　だから、そばにはいられな……んんっ』

最後まで言い終えないうちに、いきなり口を塞がれる。

アーキムは罰を与えるように、激しく悠斗の唇を奪った。

「んんっ、……ぅん、くっ……んぅんっ」

滑り込んだ舌をねっとりと絡まされ、千切れるほどの勢いで根元から吸い上げられた。

息継ぎもままならないほど激しく口づけられて、悠斗の頭は徐々に霞《かすみ》がかかったようにぼやけてくる。

それと同時に、奪われるだけのキスが、何故か気持ちいいと感じてしまう。

「んふっ……んんっ……うぅ」

甘い口づけに、身体が芯から蕩けていく。

何も考えられなくなって、ただただこの甘さに浸っていたいと思う。

悠斗がぐったりとアーキムに縋りつくまでに、さほど時間はかからなかった。

†

本当は嫌いになってしまいたかった。

でも、この人を嫌うなんて、できるはずがない。

「ああっ、あっ」

悠斗は仰臥《ぎょうが》したアーキムに自ら跨《また》がって、甘い声を上げ続けていた。

巨大なもので下から突き上げられると、わけがわからなくなるほど感じる。

身体の細胞のひとつひとつがアーキムの動きに反応して、悦楽に震えているかのようだった。

最初は逆らった罰で乱暴に貫かれ、次には後背位ですべてが蕩けるほど優しく抱かれた。

『アルト、乱れるおまえはこの上なく可愛い』

囁きと同時に、ひときわ強く突き上げられて、悠斗はばたんと前のめりに倒れた。

その反動で硬い切っ先が敏感な場所を抉る。

「ああっ、アーキム……っ」

びくんと跳ね上がった腰を、しっかり引きつけられて、また快楽の波に襲われた。

しっかり抱きしめられると、汗で湿った肌が密着する。

天蓋つきの巨大なベッドで、ふたりとも素肌をさらして絡み合っていた。

淫らな姿を見られて恥ずかしい。

でも、愛する人と身体をひとつに繋げていられるのが嬉しかった。

アーキムの心はここにない。

それはいやというほどわかっていた。

言葉を尽くそうと思っても、アーキムには伝わらない。

でもアーキムは優しくて、身体だけは熱く求めてくれる。

だったら、それだけでもいい。

悠斗はいつしかそんなふうに思い始めていた。

何度達したかわからない。喘ぎすぎて声が嗄《か》れ、泣きすぎて顔もひどい有様になっていた。

それでもアーキムは、まだ足りないと、激しく自分を求めている。

『アルト……可愛いアルト……』

「あ、あぁ……あ、うぅっ、く……っ」
狭い場所にはみっしりと灼熱の杭が挿さっていた。
腰をつかんで揺さぶられ、最奥をいやというほど掻きまわされる。
次々に襲いくる熱い波で、もうまともにものは考えていられない。
ただ愛する人にしがみついているだけで精一杯だ。
それでも、悠斗は幸せだった。アーキムとひとつになれて、嬉しかった。
そう、こうしていつまでも繋がっていられるなら、もう他には何もいらない。
難しく考えることなんて、何もないのだ。
アーキムと抱き合っていられることだけが真実で、他はどうでもいい。
何もかも忘れて、ただ目の前にいるアーキムだけに溺れる。
そうすれば、いつかやってくる終わりの日に怯えることもなかった。

8

アーキム・ファイサル・イブン・アサド・アル・シュバールは生まれながらの皇子だった。

シュバール王の息子として生を受け、将来、国を治める者としての特別な教育を受けて育った。

母親と同じく金髪の皇子は容貌《ようぼう》も麗しく完璧で、また洗練された物腰と、下の者に対する慈悲の心も篤《あつ》いとあって、対する者は誰しも光り輝くような皇子だと賞賛した。

アーキム自身にも己が何者なのかという自覚はある。

シュバール王国を継ぐ者として、日々の公務を完璧にこなし、国家主導で行っているビジネスでも大いなる成果を上げていた。

優秀な皇太子を国民は褒めそやし、アーキム自身もそのことに誇りを持っていた。

しかし、このところアーキムはただひとつのことに頭を悩ませる毎日が続いている。

他でもない、去年パリで出会ったひとりの日本人青年だ。

遊び好きであまり趣味のよくない元伯爵家のパーティーで出会ったため、アーキムは最初、この青年アルトは、純情なふりをするのが上手な男娼だとばかり思っていた。

しかし、すぐにアーキムはアルトに惹かれ、熱く抱き合うまでになった。

本当はパリでもう少しアルトと一緒に過ごしたいと思っていたのだが、祖父の容態が急変したとの知らせが入り、やむなくアルトをホテルに置いていくこととなった。

シュバールに戻れば、公務に忙殺される日々が続く。アーキムはずっとアルトのことが気になっていたが、公務を放り出して会いに行くなど無責任な真似はできない。アルトにまた会いたいとの未練はたっぷりあったが、パリでのことはよい思い出として、記憶に留めておくのが賢明なやり方だった。それに若いアルトも一時の情熱など忘れているだろうと思っていたのだ。

しかし運命が、再びアルトを自分の元へと呼び寄せてくれた。

アルトが男娼だと思っていたのは間違いで、彼を離宮に留めておくことにもなんら問題はない。男同士で惹かれ合う。この類《たぐい》の恋は一過性のものだろう。しかしアーキムは、パリでアルトを悲しませた分、思うさま可愛がって甘やかし、大切にしてやるつもりだった。もし、仮にどちらかがこの恋に冷めたとしても、途中で放り出すようなことはしない。アルトのことは一生、面倒を見てやろうとも思っていた。

それなのに、その肝心のアルトの元気がない。

抱けば情熱的に応えるのに、まったく食欲がなく、瘦《や》せ細っていくばかりなのだ。

『アルト、私はおまえに何をしてやればいい？　何か望みがあるなら言いなさい』

アーキムはカーテンを引いて暗くした寝室で、ベッドの端に腰をかけ、ぐったり横たわるアルトにできる限り優しく問いかけた。

アルトは潤んだような目で懸命に見上げてくる。

長い指で黒髪を梳き上げてやると、アルトは儚げに微笑んだ。

力が入らず、身体がだるいのだろう。それでも微笑みかけてくるアルトを見ていると、こちらの胸まで痛くなってくる。

医者の診断では食欲不振は悪い病気などではなく、一時的なものだという。毎日、栄養剤の点滴を受けているので、命に別状があるというわけではないが、弱りきった姿を見ると、可哀想で仕方がない。

『アルト……本当にしてほしいことはないのか？　頼むから言ってくれ。どんな我が儘でもいい。なるべく叶えてやれるように努力する』

『ありがとう……ござい、ます……っ、でも、ぼくは……何も……。あ、あなたがそばに、いて……くださるだけで……いいんです』

アルトは苦しげに胸を喘がせながら言い募る。

『アルト、私なら時間の許す限りここにいる。だから、早くよくなってくれ』

アーキムは微熱でうっすら頬を染めたアルトを見つめた。

しばらくしてアルトが苦しげに目を細める。そして力の入らない手で、必死にアーキムのトーブの袖をつかんできた。

『ア、　アーキム……殿下』

『ん？　どうしたアルト？』

ベッドの端に腰かけたアーキムは上体を倒し、そっとアルトの額に口づける。

するとアルトはますます切羽詰まったように、しがみついてきた。

『だ、抱いて……っ、ぼくを……抱、いて……くださ、いっ……お、お願い……アーキム……殿、下……っ』

突然のことで、アーキムは驚愕《きょうがく》した。

アルトから抱いてくれと言うなど、初めてのことだ。

最初のうちはアーキムも存分にアルトの身体を貪った。しかし身体が衰弱してからは、一度も抱いていない。身体の負担になるような行為は、できるはずもなかった。

だがアルトの決意は固いらしく、なかなかトーブから手を放そうとしない。

懸命にしがみつき、涙まで浮かべたアルトに、アーキムは胸を衝かれた。

愛《いと》しいと思う。それゆえ、無理はさせたくない。

もしアルトが普通の状態ならば、こちらから抱きすくめて情熱の赴くままに貪った。

『アルト……無茶を言うな。抱いてほしければ、早く身体を治せ』

アーキムはできるだけ優しい声をかけながら、アルトの黒髪を撫でた。

『で、でも……っ、ぼ、ぼくは……は、離れたくないっ……そばに……いたい』

『何をそう心配している？　私はいつでもおまえのそばにいるだろう？』

『ぼ、ぼくは……っ』

『大丈夫だ、アルト。何も心配するな。おまえを離したりしない。だから、不安に思うことは何もないんだ』

そう言って宥めると、アルトは声さえ立てずに泣き出した。

まるで、この世の悲しみをすべて背負ったかのような様子に、見ているアーキムのほうも胸が痛んだ。

何を言って慰めても、まるで砂漠の細かな砂をつかむように頼りない。

アーキムの言葉は、少しもアルトに届いていなかった。

アルトはすべてを諦めたかのように両目を閉じる。

それからしばらくして、アルトは疲れきったように眠りに落ちた。

『アルト、ゆっくり休め……』

アーキムはアルトの額にそっと口づけを落とし、静かにベッドから立ち上がった。

胸にはもどかしく、釈然としない思いが澱《おり》のように溜《た》まっている。

どうすれば、それが晴れるのか。どうすれば、アルトを幸せにしてやれるのか。今のアーキムには少しも答えが見つけられなかった。

†

翌日のこと。執務を即行で終わらせたアーキムは、いつもどおりアルトの部屋へと向かっていた。

アーキムが私邸として使っている離宮は、皇太子の身分に相応《ふさわ》しく華麗なものだ。涼しげな飛沫《しぶき》を噴き上げる噴水を中心とした中庭。そこをぐるりと巡らせた回廊は様々な色の大理石で組み上げてある。アーチを形作る柱の一本一本まで美しい紋様が刻まれ、何よりも、至るところに花々が咲き誇り、甘い匂いを漂わせていた。

突き当たりで回廊を曲がれば、その先にもまた同じような中庭が広がっている。

アーキムはそのちょうど中間あたりで、別の歩廊をとおってこちらへと歩いてくるほっそりした青年を見つけた。

アーキムがもっとも信頼する側近カシムが案内してきたのは、日本人青年のレンだった。

『こんにちは、アーキム殿下』

あまり飾り気のない白のトーブを着たレンはアーキムを見かけると、気取りのない性格そのままに穏やかな声をかけてくる。

『やっと来たか、レン。遅いぞ。今まで何をしていた?』

アーキムは挨拶もそこそこにレンを責める言葉を口にした。

レンは整った顔に仕方がないなといったふうな笑みを浮かべる。

『ルブアルハリに出かけていたので、お伺いするのが遅くなりました』

『また砂漠か……』

アーキムは苦りきった声を出す。

レン・コーサカは日本人。そしてアーキムの従兄弟サージフ皇子の伴侶だった。

アーキムとサージフ皇子は長年ライバル的な関係を続けており、王位継承権も争っていたのだが、このレンという青年が現れたせいで、サージフはあっさり継承権を放棄したという経緯がある。

女性でもない、ごく普通の青年を愛したがために継承権を放り出すとは、アーキムにはいまだに信じられない話だ。

確かにレンは魅力的な青年で、サージフが彼に惹かれる気持ちはよく理解できる。しかし、それがシュバール王国を袖にするほどのものだとは、どうしても信じられない話だった。

『砂漠は魅力がありますからね。アーキム殿下のご用がすめば、またルブアルハリに戻ります』

『そうか』

アーキムはさほど興味もなく相づちを打っただけだ。

『ところで、ぼくに御用というのは？』

レンにそう訊ねられ、アーキムはそれとなく彼を目的の場所へと誘導した。

『私のところにひとり、日本からの客が滞在している』

『日本人のお客様？』

レンは怪訝そうに小首を傾げた。

『ああ、そうだ。しかし彼は今、体調がすぐれない。それで話し相手でもいれば少しは気分が晴れるかと思い、おまえを呼んだ』

『えっ、それだけ……ですか?』

驚きの声を上げられて、アーキムは一瞬ムッとなった。

レンは何もアーキムを軽視したわけではないだろう。レンの驚きは、そんな些細《ささい》なことでアーキム自身が頼み事をしたという点だろう。

カシムに手配を任せておけばすむ話だ。アーキムが自ら手間をかける必要はない。そして、普段のアーキムならば、絶対にこんな面倒なことはしない。

何故ならレンを気安く使えば、サージフからの横やりが入るのは確定だからだ。

昔から気が合わずに衝突することが多い相手だが、サージフは国政のサポート役としても、ビジネスパートナーとしても重要な存在だ。

『すみません、驚いてしまって……。それで、ぼくはその人のお見舞いに行けばいいんですね?』

『ああ、そうだ。頼む。アルトを傷つけた原因は私にある。私は心から謝罪し、彼も受け入れてくれたはずだ。なのに、医者は過度のストレスでこうなったと言う。これ以上、何をどうすればいいのかわからない。それで仕方なくおまえを呼んだ。私ではもうお手上げだ』

アーキムは自嘲《じちょう》気味に口にした。

レンは何かを察したように頷く。

『わかりました。やってみます。でも、その前にひとつだけお聞かせください。そのアルトという青年は、殿下の恋人……なんですか？』

ずばりと核心を突かれ、アーキムはややたじろぎながらも首を縦に振った。

『離宮を与えて、ずっとそばに置こうと思っている。おまえとサージフの例もある。それぐらいなら、さほど問題にはならないだろう』

アーキムがそう言うと、レンは何故かため息をつく。

じっと見上げてきた目にも批判的な光がある気がしたが、今はそれを咎めるような気分でもなかった。

†

「こんにちは」

久しぶりに耳にした日本語に、悠斗は思わずまぶたを開けた。

うつらうつらしていたので、来訪者が誰かを確認するのに時間がかかる。その間に、その人はベッドのそばまでやってきた。

「あ、あなたは……？」

悠斗が掠れた声で訊ねると、その青年はきれいな笑みを浮かべて、そばの椅子に腰を下ろす。

誰だかわからないが、初めて会う人に寝たままというのは失礼だろう。

頑張って起き上がろうとすると、その青年は慌てたように制止する。

「ああ、そのままでいてください。体調がすぐれないって聞いてますから」

「すみません」

意地を張るようなことでもなかったので、悠斗は再び横になった。

「ぼくは香坂漣《こうさかれん》。マジュディーで旅行関係の仕事をしてます。それと、まあ、もうひとつ……恥ずかしくてちょっと言いにくいんだけど、この国の皇子の伴侶ってことになってます」

はにかんだ様子に、悠斗は首を傾げた。

「伴侶？」

「うん、まあ、ぼくは見てのとおり男なんだけど、色々あって、今はサージフ皇子の伴侶ってことに……」

「サージフ皇子？」

「ああ、君はまだ会ったことがないんだね。サージフはアーキム皇子の従兄弟。一年半ほど前までアーキムと王位継承権を争っていたライバルってところかな」

まったく遠慮のない言い方に、悠斗はますますわけがわからなくなった。

漣と名乗った青年は悠斗と同じか、ひとつぐらいは上に見える。整った顔立ちで、驚いたことにシュバールの民族衣装がよく似合っていた。

サージフ皇子の伴侶……ということは、この青年も皇子の相手を務めているのだろうか。

それにしては少しも暗いところがなく、むしろそのサージフを恋人のように思っているという印象だ。

「あの、……あなたはどうしてこの離宮にいらしたんですか？」

「ああ、うん……アーキムに君を元気づけてくれるよう頼まれた」

「アーキム、殿下に……？」

悠斗は込み上げてきた悲しみに、唇を噛みしめた。

だとすれば、この青年はずいぶんシュバールの王族に信頼されているのだろう。

サージフ殿下の伴侶で、アーキムも頼み事をする。

「アーキムはずいぶん君のこと心配してた」

「それは……申し訳ないと思ってます……もういい加減、ここから出ていかなければならないんですけど、動けなくて……迷惑かけてます」

「ちょっと待って。君はここから出ていく気なの？　だって、君はアーキムの恋人なんでしょう？」

驚いたように身を乗り出してきた漣に、悠斗はたじろいだ。

それと同時に、胸の奥が切り裂かれたかのように痛み出す。

目の前の漣は、おそらくサージフ皇子という恋人に愛されているのだ。だから、なんの悩みもなくて……。

「ぼくは……ぼくは恋人なんかじゃありません」

それだけ言うのが精一杯だった。

認めたくはない。

アーキムはただ珍しい玩具として自分に執着しているだけなんて、認めてしまうのは、あまりにもつらすぎる。

この頃の自分は、少しでもそれを考えずにすむように逃げてばかりいる。ずっと具合が悪いのだって、アーキムの同情を引くためかもしれない。

きゅっと唇を噛みしめていると、漣が大きくため息をつく。

「何か問題があるんだね？　ぼくに話してみない？」

「無理です。今会ったばかりの人に、お話しするようなことじゃありません」

「それなら、ぼくの話を聞く？」

重ねて問われ、悠斗は仕方なく頷いた。

「じゃ、話すね。まず、シュバールの王族は変な人揃いだから」

「変な人？」

「そう、常識では考えられないようなことを、平気でやる人たちだから」

漣はそう言ってくすりと笑う。

そして、その後聞かされた話は、本当に驚愕するような内容だった。

前シュバール王、アーキムとサージフの祖父は、若かった頃にひとりの日本人女性と恋に落ちた。だが、ふたりの恋は実らずに、前シュバール王は、孫の代でその恋を成就させることを思いついたのだという。

レイ・コーサカの孫と結婚した者に王位を継がせる。

そんな難題を出されたふたりの皇子は、懸命に、レイ・コーサカの孫娘を捜した。孫娘とは間違いで、漣だけがその女性の孫だという。ちょうど、その頃、祖母から王家に返すよう腕輪を託された漣は、仕事の関係でルブアルハリ砂漠へと出かけた。

漣はその砂漠で、サージフ皇子と運命的な恋に落ちたのだという。そしてサージフ皇子は漣のために、あっさり王位継承権を放棄した。

「というわけで、サージフは無理やりぼくを教会へ連れていって結婚式を挙げた。しかも外国からの客が大勢いる中で、堂々と発表してしまったから、ここの人たちも、渋々ぼくのことを認めている。そんな感じですね」

くったくなく締めくくった漣に、悠斗は打ちのめされたような気分になった。

自分と漣は違う。あまりにも違いすぎる。

漣はサージフ皇子に愛されて、伴侶となった。

自分はただアーキムに愛玩されるだけの存在。愛妾《あいしょう》と同じだ。

あまりにも惨めで、堪えようと思っても涙が溢れて止まらなかった。

「う、っ……っ」

声もなく涙を流していると、レンがそっと立ち上がる。そして悠斗の肩に手を置いて、宥めるように何度か叩いた。

「ごめん。君がこんなに傷つくとは思わなかった」

「い、いえ……悪いのは、ぼ、ぼくのほうです。……いきなり、泣いて、しまって、すみません」

悠斗は急いで涙を拭い、切れ切れに謝った。

漣はため息をついて、再び、何があったか話してくれないかと持ちかけてくる。

どうせ自分は、伴侶として愛されている漣とは違う。

そんな自暴自棄な気持ちに駆られ、悠斗は結局、今までの経緯をすべて明かすことになってしまったのだ。

パリで出会ったこと。古い聖堂で永遠の愛を誓い、指輪を贈られたこと。それきりでアーキムが姿を消してしまったこと。そして一年後にシュバールで再会したこと。

悠斗は包み隠さず、漣に話した。

「……そう……、ほんとに困った人たちだね。アーキム皇子はとても優しくていい人だと思うけど、なんというか、今まで物に執着したことがないんじゃないかな……だから、大切なものをど

う扱っていいか、わからない。そんな気がする」

漣の言葉は慰めにはならなかった。

それより、悠斗はもっと気持ちが滅入ることを思いついてしまう。

漣を伴侶にすれば王位継承権が確実になったという。それなら、アーキムも漣にアプローチしたはずだ。

漣はサージフ皇子のものになってしまったけれど、もしかしてアーキムは、彼のことを本気で愛していたのではないだろうか。

だからパリで出会った時に、日本人の悠斗に興味を持った。

そして、アーキムが今でも漣のことを愛しているとしたら……。

駄目だ。これ以上、暗いことを考えて惨めになるのはよそう。

悠斗はゆるりと首を振ったが、一度芽生えた疑念が晴れることはなかった。

しかし漣は悠斗の様子には気づかず、ふっと思いついたように訊ねてくる。

「それで、君はこの先、どうしたいの？」

いきなり核心を突かれ、悠斗はぎくりとなった。

この先、どうしたいか……。

望みはとっくに潰《つい》えているのに、いつまでも未練たらしく離宮に居続けるわけにはいかない。

まして、こんなに体調を崩してしまっては、迷惑をかけるばかりだ。

アーキムを身体で慰めること。それのみを期待されているのに、こう体調が悪くては、抱かれることとさえままならない。

もう終わりにすべきなのだ。

どんなにつらくても、アーキムのそばから離れなければならないだろう。

悠斗はそう心を決めると、静かに口を開いた。

「もう、日本に帰りたいです。ここからは……、出ていきたい……っ」

泣きたいのを懸命に堪えてそう言うと、漣はにっこりと微笑んだ。

「いいよ。ぼくが全部手配してあげる。なんと言ってもぼくは、シュバール在住のコーディネーターだから」

「……お願いします」

悠斗はそう言って、力を貸してくれるという同胞に深々と頭を下げた。

†

『なんだと？　アルトが離宮を出ただと？』

朝からビジネス関係の会議で缶詰にされていたアーキムは、カシムに耳打ちされたと同時に怒声を放った。

滅多にないことなので、会議室から出ていこうとしていた者たちが一様に驚いて振り返る。

この会議で最重要人物であるアーキムは、一分の隙もないスーツ姿で立っていた。他者を圧する覇気を漲らせたアーキムに、出席者たちはいっせいに怯えたような視線を送ってくる。

しかしアーキムはまったく彼らに注意を払わず、側近のカシムを責め立てた。

『どういうことだ？　アルトは病人だぞ。ひとりで出歩けるような容態ではなかったはずだ』

『は、今朝、殿下が離宮を出られたあと、サージフ様とレン様がお見えになったそうです。おふたりは医療チームに命じて、アルト様を車椅子に乗せて連れていかれたとのこと』

『それでアルトをどこへ連れていったのだ？』

『は、サージフ様の側近に問い質《ただ》したところ、ルブアルハリに向かわれたそうでございます』

報告を聞いて、アーキムは心底怒りに駆られた。

サージフとは普段から気が合わないことが多いが、これは極めつけだ。

『サージフの奴、気は確かか？　アルトは病人だぞ！　なのに、危険な砂漠へ連れていっただと？』

アーキムは渦巻く怒りのままに吐き出した。

『いかがなさいますか？』

『すぐにあとを追ってアルトを連れ戻す！』

語気荒く言い捨ててさっさと歩き始めると、後ろからやや焦り気味にカシムの声がかけられる。

『殿下、本日の夜会をキャンセルされるのはまずいかと存じます。前シュバール王のご快癒を祝してのもの』

『放っておけ。どうせ、サージフも出席しないつもりだろう。お祖父《じい》様の快癒祝いはもう三度目だ。いちいちつき合う必要もない』

『ですが殿下は皇太子というお立場。気ままにされているサージフ殿下とは違います。陛下もご心配されるでしょうから、せめてご出発を明日に延ばされてはいかがでしょう？』

カシムは有能な側近で、普段ならよけいなことをいっさい言わない。いつになくしつこく食い下がってくるのは、それだけこの夜会が重要な意味を持つということだ。

しかし、アーキムの決意は変わらなかった。

アルトが弱った身体でルブアルハリに向かった。

しかも連れ出したのはサージフだという。

これは見過ごせるようなことではなかった。

『お叱《しか》りならばあとで受ける。それより、最短でサージフを追えるように手配しろ』

『は、かしこまりました』

カシムはそれ以上反対することもなく命令に応じる。

『ヘリはこのホテルにまわせ。ここから直接ルブアルハリに飛ぶ』

『は、ではそのように手配いたします』

そこでアーキムは初めてカシムを振り返った。

『いや、待て。やはり一度離宮に戻る。ヘリは離宮へ呼べ』

『かしこまりました』

頭を下げるカシムを見て、アーキムは急ぎ会議室をあとにした。

待機しているリムジンで離宮まで戻り、トーブに着替えてから砂漠へ向かう。

『アルト……無事でいてくれ……』

ホテル前からリムジンに乗り込みながら、アーキムはただアルトの儚げな顔だけを脳裏に思い浮かべていた。

サージフとレンにまんまと連れ出されたとしても、何故アルトは砂漠へなど行ったのか……。

行きたくないと拒否すれば、いくらあのふたりでも無理なことはしない。

では、アルト自身が承諾したということか？

そこまで考えて、アーキムは眉間《みけん》に皺を寄せた。

胸の奥に何かすっきりとしない澱のようなものが溜まっている。

怒りとも、もどかしさとも判別のつかないそれは、今や高熱を発しながら巨大化し、胸から溢れてきそうになっていた。

『アルト……』

アーキムはもう一度呟いて、不快な胸の塊を無理やり抑え込んだ。

9

ルブアルハリ砂漠――「空白の四分の一」という意味を持つ砂漠は、想像を絶するほど美しい世界だった。

砂漠のイメージは砂だけ。それに真っ青な空と照りつける強烈な陽射し。

そんなふうにしか思っていなかった悠斗には、新鮮な驚きだった。

「悠斗、調子はどう？　食事できそうだったら、みんなで食べようよ」

漣から明るい声をかけられて、雄大な景色に魅せられていた悠斗は振り返った。

離宮から連れ出され、ヘリでここまでやってきて、二日が経つ。

最初は車椅子でなければ動けないくらい衰弱していた悠斗だが、砂漠に来てから不思議とものが食べられるようになり、少しは体力が回復してきたところだ。

白のトーブを着た悠斗は、ゆっくりと漣が待つ天幕まで戻った。

まだ少し足がふらつくけれど、なんとか自力で天幕まで歩く。悠斗と同じ民族衣装を着た漣は、無理に手を貸すような真似はせず、辛抱強く待っていてくれる。

穏やかで温かな漣に、悠斗はかなり慰められていた。

最初は動けもしないのにいきなり砂漠に連れてこられて驚いた。漣の伴侶だというサージフ皇子の迫力にも怯えてしまったが、話してみると意外にも気さくな人柄で、アーキムとはまったく別種の魅力がある人だった。

「すみません、漣さん」

「別になんでもないよ」

「でも、ぼくがいなければ、皆さんもっと先に進まれていたんでしょう？」

「まあね。でも、気にすることないよ。ぼくはこのオアシスも大好きだから。それに、砂漠にいると、マジュディーでの忙しさや、他の煩わしいことも忘れていられるし」

そう言ってくったくのない笑みを見せた漣に、悠斗もかすかに微笑み返した。

アーキム皇子のことは一瞬たりとも頭から去らない。

でも、彼と離れてみて、ほんの少しは客観的に考えられるようになった。

アーキムを運命の恋の相手だと思っていたのは自分だけ。もちろん皇子のほうも、少しは自分を気に入ってくれていたと思う。

ただ、愛情の種類と深さが違っていた。

今までの自分にはそれを認める勇気がなかっただけだ。あまりにも愛しすぎて、この恋を失ったら、自分にはもう何も残らないと思っていた。

だからみっともなく縋るような真似までして、そばにいたいと思いつめていたのだ。

でも、皇子と離れ砂漠へとやってきても、自分はこうして生きている。むしろ、まったくものが喉をとおらなかったのに、少しずつ食事までできるようになって……。

考えてみれば、自分はずいぶん子供だったのだろう。

ふいにおかしく思った悠斗は、くすりとしのび笑いを漏らした。

「あ、何かおかしいことでもあった？」

漣に見咎められて、悠斗はゆっくり首を振った。

「なんでもないです」

シュバールの王族のひとり、サージフ皇子が使う天幕は巨大なものだった。フレームを組み、そこに布を被せるというやり方は野外用のテントと同じはずだが、規模がまったく違う。

内部は分厚い布の仕切りでいくつかの小部屋に分けられ、天幕ひとつで大きな家の役割を果たしていた。

その中のリビング用スペースには、すでにサージフ皇子が低めの長椅子にゆったりと腰を下ろしている。

『黒き鷹《たか》』とも呼ばれているというサージフ皇子は、黒の民族衣装に身を固めていた。アーキムとは違って、トーブから覗く髪は黒。瞳は同じように澄みきった青だ。しかし、視線の鋭さは一瞬怯えを感じるほどだ。

『ハルト、砂漠はどうだ？』

気軽に声をかけられて、向かい側に座った悠斗はびくりと緊張した。

だが、懸命に平静を装って皇子の問いに応える。

『美しいところですね』

『ああ、砂漠はこよなく美しい。だが、いったん牙《きば》を剝き出すと、世界でもっとも恐ろしい場所にもなる』

サージフの言葉に悠斗は再び緊張した。

しかし、それと察した漣がすばやくサージフを窘《たしな》める。

『サージフ、いきなりそんな言い方をしたら、悠斗が怯えてしまうでしょう』

『そうなのか？　それは悪かったな』

サージフはそれまでとは一転して、蕩けるように優しい眼差しで漣を見つめた。

隣に座った漣のほうも、やわらかく微笑みながら皇子を見つめ返している。

ふたりの間にあるのは深い愛情だ。

それを目の当たりにして、悠斗はまた胸の奥がつきりと痛くなるのを覚えた。

運命的な恋をしたのは漣も同じ。

けれど、ふたりはそれを成就させ、こんなにも愛し合っている。

どんなに望んでも、自分には得られなかったものだ。

胸が苦しいのは変わらない。それでも、この苦しみを受け入れ、慣れていかなければならないのだろう。

悠斗は諦めの境地で、見つめ合っているふたりの幸せそうな姿を眺めていた。

天幕の中で供された食事は、どれも美味《おい》しかった。

まだほんの少ししか口にできなかったが、悠斗はなごやかな雰囲気の中で食事を楽しんだ。

「悠斗、明日はこのオアシスを引き払って、もっと奥地に行くけど、大丈夫？　ついてこられそう？　無理ならもう何日か、ここにいてもいいけど」

「ええ、連れていってください。ご迷惑をおかけするかもしれませんが、なるべく頑張るようにしますから」

漣にそれとなく誘われて、悠斗は自分でも驚くほど積極的にそう答えていた。

大野に追い払われるように離宮へ行って以来、ソウマの誰とも連絡を取っていない。それにもきちんと決着をつけなければならないが、もう少し、煩わしいことは忘れていたかった。

このふたりと砂漠を旅することで、胸にある苦しみがもっと増すかもしれない。

けれども、それを認め、乗り越えていかないと、自分は本当に駄目になる。

アーキムをとことん思い、そうしていつか忘れるためにも、時間は必要だった。

「じゃ、決まりだね。明日は朝早く出発になると思うから、今夜はゆっくり休んで」

「はい、ありがとうございます」

悠斗はそう言って、親切な漣に心からの微笑みを向けた。

†

アーキム皇子が自ら運転する四駆でオアシスに到着したのは、その夜遅くのことだった。

サージフが指揮するキャラバンは大きく、オアシスのまわりにいくつも天幕が立っていた。

アーキムはそのうち一番大きな天幕に真っ直《す》ぐに近づいた。

『サージフ、アルトはどこだ？』

大声で呼びかけたと同時、横の天幕から使用人が驚いたように飛び出してくる。

『アーキム殿下……！　まさか、おひとりで……』

使用人はそれきりで絶句する。

アーキムは良識ある皇子だというのが皆の一致する印象だった。それなのに、夜の砂漠をひとりで運転してくるなど無謀というほかない行動だ。

しかし、アーキム自身はそんなことに構っていられるような気分ではなかった。

扉代わりとなっている分厚い垂れ幕を自らの手で押し上げて、再度大きな声で呼びかける。

『アルト、どこだ？』

このキャラバンにいる者たちはもうほとんどが寝静まっている。しかし、彼らのことなど微塵も気にかけなかった。

目的はただひとつ。アルトの無事を確かめ、王都に連れ帰ることだ。
天幕の中には、小さな灯《あか》りがひとつ残されているだけだった。
『アルト！』
もう一度声を張り上げた時、奥の部屋との仕切りが持ち上げられる。
『うるさいぞ、アーキム。今、何時だと思っている？』
のっそりと姿を現したのは、黒のトーブをまとった従兄弟、サージフだった。
ゴトラは外しているので、乱れた黒髪が剝き出しになっている。
その従兄弟の顔を、アーキムは鋭くにらみつけた。
『何時だろうが知ったことではない。アルトをどこへやった？』
『アルト？　ああ、おまえの玩具か』
皮肉っぽく言ったサージフに、アーキムの怒りは爆発した。
とっさにサージフのトーブをつかみ、締め上げる。
『アルトを侮辱することは許さん！』
しかし、サージフは怯《ひる》んだ様子もなく、にやりと笑っただけだ。
『ほお、あれはおまえの愛玩物。そう思っていたが、違うのか？』
『サージフ、口のきき方に気をつけろ』
アーキムはますますサージフを締め上げながら、押し殺した声で脅した。

殴りかからなかったのは、アルトがまだこの男の手の内にあるからだ。そうでなければ、すぐさま死ぬほどの目に遭わせてやるとばかり、アーキムはぎりっと奥歯を噛みしめた。

これほどの怒りに駆られることがあろうとは、自分でも驚く。

だが、自分の元からアルトを奪っていったサージフは、どうあっても許せなかった。

『アーキム、側近はどうした？　まさか、この時間におまえひとりでここまで来たのか？』

サージフはやんわりアーキムの手を外しながら言う。

大声を上げたにもかかわらず、それらしい反応がなかったのは、よほどアルトの具合が悪いのかもしれない。

この男がアルトを保護している以上は、いったん頭を冷やすしかなかった。

『途中でトラブルが起きた。カシムはその処理に当たっている』

サージフから手を引き、そのまま腕を組んで説明する。

『砂嵐に遭ったのか？』

短く問われ、アーキムは仕方なく頷いた。

ヘリで真っ直ぐこのオアシスを目指したが、あちこちで頻繁に砂嵐が起きており、迂回《うかい》を余儀なくされた。そのうえ、ヘリがその砂嵐のひとつに捕まってしまったのだ。

原因はアーキムが無理に急がせたせいだ。

計器が壊れ、すぐには救援を呼ぶこともできなかった。

腹立たしいことに、なすすべもなく砂漠の真ん中で時を過ごし、ようやく車の調達が可能になって、アーキムはひとりその車を飛ばしてきたのだ。

サージフは砂嵐に巻き込まれた件に関してはコメントをせず、ひと言漏らしただけだ。

『おまえにしては珍しいな』

『おまえに言われたくはない』

アーキムは思わずむっとして吐き捨てた。

サージフは昔から王都に居着かず、暇さえあればベドウィンを引き連れて砂漠をほっつき歩いているのだ。その分、アーキムはさらに多忙を極めることになる。

サージフは、シュバールの王族の中ではもっとも頼りになる男だが、この勝手気ままさには腹立たしさを覚えるだけだ。

『ハルトは元気にしている。今は奥の部屋で眠っているだろう』

サージフの言葉に、アーキムは心底ほっとなった。

『容態はどうだ？　だいぶ衰弱していた』

『食事が取れなかったそうだが、今は普通に食べている』

『本当か？』

アーキムは青い目を見開いた。

あれだけ弱っていたのに、過酷な砂漠に来て調子がよくなるとは驚きだ。しかし、心配がなくなったことで、アーキムはおおいに安堵《あんど》もする。

『もう時間が遅い。会うなら明日の朝にすればどうだ?』

『いや、顔だけでも見に行く。起こさないようにするから、案内してくれ』

『仕方のない奴だ』

サージフは含み笑うように言って、アーキムに背を向けた。

だが、そこから三歩と動かないうちに、奥から漣が蒼白《そうはく》な顔で駆け込んでくる。

『大変だ、悠斗がいなくなった!』

悲痛な叫びに、アーキムの胸は不穏な音を立てた。

声も出せなかったアーキムの代わりに、サージフが漣を問い質す。

『なんだと? どういうことだレン? あいつは眠っていたんだろ? どこか、他の天幕へでも行ったんだろう?』

『悠斗には、他の天幕へ行く用事なんかないでしょう?』

『じゃ、どこへ行ったと言うんだ?』

噛みついたサージフに、漣は不安そうに眼差しを揺らした。

視線が向けられたのは天幕の外だ。意味している場所は夜の砂漠だった。

アーキムは無言で天幕を出た。

空には満天の星明かりがある。

昨夜砂嵐でひどい目に遭わされたことが嘘のように、すっきりと晴れ渡った見事な星空だった。

サージフはキャラバンの者を叩き起こし、まずは天幕からの足跡を確認させる。

露営地の囲みの外に向けて、頼りない足跡が点々と続いているのは、すぐに発見された。

『すぐにあとを追え』

サージフが部下に命じているのを、アーキムは静かに止めた。

『いい、私が行く』

短く言うと、サージフは何かを察したように、にやりと笑う。

そしてさも親切そうにアーキムの肩を叩いた。

『真夜中の砂漠だ。車じゃなく、俺の馬を使え。足跡を見逃すなよ』

『ああ、わかった。厚意に甘えよう』

アーキムは短く礼を言っただけで、天幕をあとにした。

途中で振り返ると、サージフは伴侶の漣を大事そうに抱き寄せている。

胸に迫る焦燥感に、アーキムはふっと息をつき、それからサージフの馬を曳《ひ》き出している使用人の元へと歩を進めた。

†

空いっぱいに広がる満天の星を見上げながら、悠斗はゆっくり砂を踏みしめながら歩いていた。

日中の砂漠はひどい暑さだが、夜ともなるとかなりの涼しさになる。半袖などで出歩いていては風邪をひくかもしれないほど寒暖の差があった。

けれど悠斗が身につけているのはトーブだ。さすがにシュバールの民族衣装だけあって、炎天下の暑さを凌《しの》ぐにも、夜の冷え込みを防ぐにも適したものだ。

ひとりで何気なく天幕を出たのは、いつまでも眠れなかったせいだ。

天幕は充分な広さがあって快適だったが、すべてが布で作られているせいで、物音だけは遮断できない。

漣とサージフの眠る部屋から、密《ひそ》やかで甘い喘ぎが聞こえてきて、さらに目が冴《さ》えてしまった。

恥ずかしいことに愛し合うふたりの気配で、自分まで身体が熱くなった。

アーキムに愛された生々しい記憶が蘇り、どうにも堪えようがなくなってしまったのだ。

火照りを冷ますには外の空気を吸いに行くしかない。

そうして、こっそり天幕を出た悠斗は、満天の星空に圧倒された。

カシオペアにアンドロメダ座。ペガススとくじら座。悠斗に見分けられる星座はそう多くなかったが、細くなった天の川もきれいに見えている。

悠斗は砂漠が危険な場所であることも知らず、ただふらりと歩き出していた。

どこまで行こうとか、どこへ行こうとか、はっきりした考えがあったわけじゃない。

ただ美しい星々を見上げながら、無意識に歩を進めてしまっただけだ。

そうして、首が痛くなってきた頃、悠斗は初めて宿営地からずいぶん離れた場所まで来てしまったことに気づいた。

「どうしよう……何も見えない」

振り返ってみた場所には、人工の灯りなどまったく存在しなかった。

さほど長距離を歩いた自覚はないにもかかわらず、天幕が集まった影さえも見えない。

あるのはただ星の光をほのかに反射させる砂丘の起伏だけだった。

「ど、どうしよう……いや、落ち着かないと……慌てるとよけいひどいことになる」

悠斗は自らにそう言い聞かせながら両目を閉じ、大きく深呼吸した。

そして、ゆっくり目を開ける。

しかし、どの方向に目を向けても、宿営地の天幕は確認できない。

「とにかく、落ち着かないと……」

悠斗は再び己を叱咤して、深呼吸をくり返した。

夜の砂漠にたったひとり。その恐ろしさが身に染みる。自分が馬鹿な真似をしたことに気づくと、今度は急に寒さを感じた。

おそらく気温がかなり下がっているのだろう。

ひとりで勝手に天幕を抜け出したことを死ぬほど後悔したが、あとの祭りだ。自分を呪《のろ》ったところで、事態が好転するわけではなかった。

しかし、悠斗はふっと思い出した。

「そうだ、足跡！　それをたどって行けばいいんだ」

何故こんな簡単なことを忘れていたのだろうと、急に笑いたくなる。

星空の明かりは足元を照らすには充分で、悠斗はほっと息をついて自らの足跡をたどり出した。

だが、いくらも行かないうちに、その希望が潰えてしまう。

突然のように、風が吹いてきたのだ。

激しく砂が舞い上がるほどではなかったが、自身が残した足跡が見る見るうちに消えていく。

「駄目！」

恐怖に駆られた悠斗はとっさに駆け出した。

それがさらなる不運を呼び寄せることになろうとは、気がつくはずもなく、息が続く限り必死に砂の上を走る。

だが、目指す天幕の影はまったく発見できなかった。

まだ体力が元に戻っていない悠斗は、がっくりと砂の上に倒れ伏した。

その勢いで、口の中に思いきり砂が入ってしまう。

ゲホゲホと激しく咳《せ》き込みながら、悠斗は涙を流した。

張りつめていた気持ちがプツンと音を立てるように切れてしまい、起き上がる力も湧き上がってこない。

悠斗はごろりと仰向《あおむ》けになっただけで、声もなく涙を流し続けた。

砂漠は危険な場所。

そんな常識さえ頭になかった自分はいったいなんなんだろう。

めそめそと男らしくもなく、失った恋のつらさだけに浸っていたから、こんな事態になってしまったのだ。

天幕からどれほど歩いてきたか覚えていない。もし仮に一時間ほどだとしても、相当な距離がある。

自分がいなくなったことを知れば、漣はどれほど心配するだろうか。朝になれば捜索隊を出してもらえるかもしれない。でも、なんの目印もない場所で見つけ出してもらうのは難しいかもしれない。

そして夜が明ければ、砂漠はまた容赦ない炎熱の場所となる。水さえ持っていない自分は、すぐにひからびてしまうことだろう。

忍び寄るのは死の影だった。

「ほんとに、もう死んでしまうかもしれない……」

そう自暴自棄に呟いた時、悠斗の脳裏にはただアーキムの面影だけが過ぎった。

こんなことになるなら、どんなにつらくてもアーキムのそばにいればよかった。

自分と同じように愛してほしいなどと高望みはせず、ただそばにいるだけでもよかったのだ。

アーキムは優しくしてくれたのに、自分がどれほど欲深だったかと思うと、恥ずかしくなってくる。

アーキムを愛している。

大切なのはそれだけで、他はどうでもよかったのに、つらいから、苦しいからといって、逃げ出した自分は大馬鹿だ。

せめて、最後にもう一度だけでも顔が見たかった。

あの優しい青い瞳を見つめ、愛していますと、もう一度だけ告げることができたら、どんなによかったか――。

「……アーキム……アーキム……あなたを、愛しています……」

悠斗は掠れた声で届かぬ思いを告げた。

目を閉じると、まぶたの裏には満天の星ではなく、アーキムの整った顔だけが見える。

「……アーキム……愛してる……っ」

万感の思いを込めて、愛する人の名前を呼ぶ。

その時、あり得ないことに、悠斗の身体はしっかりと温かな感触で包まれた。

「え？」

驚いて涙に曇った目を見開くと、自分を抱き寄せているのは今の今までまぶたの裏で見つめていたアーキム皇子だ。

『アルト、よかった』

力強く抱きしめられて、悠斗は何度も目を瞬いた。

アーキム皇子がここにいるなんて、すぐには信じられない。都合のいい幻を見ているのではないかと思ってしまう。

それでも悠斗はしっかりと愛する人にしがみついた。

これが夢でもいい。幻でもかまわない。最後にもう一度だけ会いたいとの願いが叶ったのだ。

「アーキム……」

『怪我はないか？　どこか具合が悪いところは？　ああ、身体が冷えきっているな』

幻だとばかり思っていたアーキムは、焦ったようにたたみかけてくる。そうして身につけていたマントを脱ぐと、それで悠斗の身体をしっかりと包み込む。

それでもまだ心配が足りないように、頬や額に手を当てられて、悠斗はようやくこれが幻ではないらしいと自覚した。

『……どうして……？』

掠れた声で辛うじて訊ねると、アーキム皇子は何かとても困ったことでもあるかのような表情を見せる。

そうしてアーキムは深い息をひとつつくと、改めて悠斗を抱きしめてきた。

『おまえのことが心配でたまらなかった。おまえが天幕から抜け出していったと聞いた時は、天を恨みたくなったぞ。しかし、それも私が至らなかったせいか……。アルト、私はどうやっておまえの信頼を得ればいいのだ？　おまえを心から愛している。それを信じてもらうには、どうすればいい？　頼むから教えてくれ』

ため息交じりで紡がれた言葉に、悠斗は呆然となった。

やはり、これは都合のいい夢なのだろうか？

そうでなければ、こんなことあり得ない。

『アルト、頼むからずっと私のそばにいると言ってくれ。おまえが私を信じていないのは知っている。私はおまえの信頼を裏切り続けていたのだからな。当然の報いだとも思っている。だが、アルト、私はおまえを本当に愛している。何度でも誓う。いや、それも駄目か……くそっ、いったいどうすれば、おまえは私を許すと言うのだ？』

最後にはまったく皇子らしくない言葉まで飛び出して、悠斗はゆるく首を振った。

こんなに困ったようなアーキムは初めて見る。

でも、一度壊れた信頼は、そう簡単には蘇らなかった。

ただ悠斗にはわかっていることがある。

『殿下が許しを請うなんて、そんな必要はありません。だって、ぼくは何があったとしても、あなたを愛しています。だから、殿下が必要としてくださるなら、おそばにいさせてください』

真摯《しんし》に告げたと同時に、さらに力を込めて抱きしめられた。

『アルト、おまえが本当の意味で私を信じているわけではないことはわかっている。だが、今はおまえの信頼を得る機会が与えられたことに感謝しよう。あとは私が努力すればいいだけの話だからな』

『……アーキム？』

あまりにも真剣な様子に、悠斗はかすかに首を傾げた。

こんなふうに形《なり》ふりかまわない皇子は初めてだ。

もしかして、本当にアーキムは自分を愛してくれているのだろうか？

そんな疑いを持っただけで、胸が疼くように熱くなった。

『アルト、おまえに誓いのキスをしていいか？』

腕の力をゆるめたアーキムが、真剣な眼差しで顔を覗き込んでくる。

恥ずかしさで頬に血が上ったけれど、悠斗はこくんと頷いた。

『アルト、星だけが見ているこの場所で、誓おう。私はおまえを愛している。生涯おまえだけを伴侶とし、愛し続けることを誓う』

『……アーキム？』

悠斗の胸は大きく揺れていた。

心臓が怖いほどに高鳴って、息も苦しくなってくる。

真摯に語られる愛を誓う言葉。それが雰囲気だけに流されてのものだとは、とても思えない。

だとすれば、信じてもいいのだろうか？

『アルト、誓いのキスをする前に、おまえにこれを……』

アーキムはそう言って、トーブのポケットに手を入れた。

中から取り出されたものに、悠斗ははっとなった。

アーキムが手にしたものは、聖堂で愛を誓った時に贈られた指輪だ。再会して、取り上げられてしまった、あのルビーが散りばめられた指輪だった。

『アルト、この指輪をもう一度受け取ってくれるか？』

「……っく……ぅぅ」

込み上げてきた涙で、悠斗は声を詰まらせた。

それでも、懸命に嗚咽を堪えて首を縦に振る。

『感謝する』

アーキムは囁くように言って、そっと悠斗の左手を取った。

長い間、悠斗の胸にあった指輪が、再びするりと左の薬指に塡められる。

『生涯おまえだけを愛すると誓う。この指輪はその証だ』

厳かに告げたアーキムは、そっと薬指に収まった指輪に口づけた。

指に温かな感触を感じ取った瞬間、涙が溢れた。

「……っ」

感極まって、嗚咽しか出てこない。

そしてアーキムはそっと悠斗の顎を持ち上げる。

満天の星空の下。誰ひとりいない夜の砂漠で、永遠の愛を誓う。

その口づけはどこまでも甘く、また涙のしょっぱい味もした。

10

悠斗はアーキムに抱かれて馬に乗り、ゆっくりと野営地に戻ってきた。

一時は二度と戻れないかもしれないとパニックに陥ったが、さほどの距離はなかった。

よくよく考えてみれば、体力の衰えた身体でそんなに遠くまで行けるはずもなかったのだ。

野営地が見えなかったのは、夜だったのと、砂丘の陰になっていたせいだろう。

軽率な行動を取ったことで皆を心配させ、悠斗は心底恥じ入っていた。

だが、申し訳ないとは思うが、アーキムに抱かれる喜びの前には、その反省も薄れてしまう。

『無事だったようだな』

天幕に着くと、一番に声をかけてきたのはサージフ皇子だった。

『ああ、お陰で助かった』

アーキムは短く礼を言いながら、身軽に馬の背から飛び下りる。

そして悠斗を両腕で抱いて、そうっと地面に下ろした。

「よかった」

サージフの隣に立つ漣も、心底ほっとしたように声をかけてくる。

「ご心配おかけして、申し訳ありませんでした」

悠斗は丁寧に腰を折って、心配させたふたりに心からの詫びを言った。

「そんな、気にしなくていいよ。君のこと、ちゃんと気をつけてみてあげてなかった、ぼくたちも悪いんだから」

さらりと言った漣を、そばのサージフがそっと抱き寄せる。

『さあ、挨拶はもうそのぐらいにして、俺たちは出発するぞ』

『わかりました』

そう言って見つめ合ったふたりに、アーキムは怪訝そうに問いかけた。

『これから奥地へ行くつもりか？』

『ああ、そうだ。レンとふたりで誰にも邪魔されないところへ移動だ』

誰に遠慮するでもなくそう宣言したサージフに、アーキムは呆れたような視線を送る。

『相変わらず、呆れた奴だ。しかし、今回は世話になった。感謝している』

『感謝されついでに、ここの天幕はおまえに貸してやろう。しばらく自由に使うがいい』

『ほお、それは魅力的な申し出だ。遠慮なく使わせてもらおう』

そう言ったアーキムは白のトーブ姿。対するサージフ皇子は黒一色のトーブ。

対峙《たいじ》するふたりの皇子の迫力は並ではなく、見ているだけで震えがきそうなほどの覇気に満ちている。

『ときにアーキム。断っておくが、王位継承権を俺に押しつけようと思っても無駄だぞ。俺にはレンという伴侶がいるからな』

漣をいっそう引き寄せながらそう口にしたサージフに、アーキムは僅かに口元をゆるめた。

『継承権を放棄するような真似はしない』

『ほお、ではどうするのだ?』

『国法を変えればすむ話。その時にはおまえにも協力してもらうぞ』

尊大に告げたアーキムに、サージフは弾かれたように大笑いを始めた。

悠斗にはなんの話かぴんとこなかったが、漣も一緒になってくすくすと笑っている。

そしてそんなふたりに、まともに別れを告げる間もなく、悠斗はアーキムに横抱きにされて、天幕の奥へと連れていかれたのだ。

サージフの使用人たちは、熱い湯を沸かして悠斗を待ち受けていた。

アーキムは少しの間も悠斗を離したくないらしく、一緒に浴室までついてくる。

砂漠で熱い湯に浸《つ》かれるとは驚いた話だが、真鍮のバスタブには香り高い湯がたっぷりと張られていた。

『さあ、早く温まりなさい。風邪をひく』

真面目《まじめ》な顔で注意され、悠斗はひとりにしてくれとは言えなくなってしまった。

羞恥のあまり、のろのろとトーブを脱いでいると、途中からアーキムが手を出してくる。

使用人の前で悠斗を裸にしたくなかったのか、彼らはアーキムの命令でとっくに浴室から消えていた。

『自分でできますから』

皇子の手を煩わせるなど、あまりに申し訳なくて、悠斗はやんわり言ってみたが、アーキムは
まったく取り合わずにトーブを脱がせていく。

裸になった悠斗は慌てて、湯の中に身体を沈めた。

『長く体調不良だったから心配していた。やはり、痩せたな。これも私のせいか』

アーキムが剝き出しになった肌に手を滑らせながら、沈んだ声を出す。

本当に心配されているのだと自覚して、悠斗は胸がいっぱいになった。

ほんの少し前までは、こんな幸せが訪れるとは思ってもみなかった。

『でも、アーキムは砂漠で誓ってくれたように、心から自分のことを愛してくれているようだ。

『心配かけて、すみません。でも、ぼくは大丈夫。だって、アーキムがいてくれるから』

頬を染め、囁くように言うと、アーキムはトーブが濡れるのもかまわず悠斗を抱きしめてきた。

『おまえを愛している。何度でも誓う。おまえだけを生涯愛すると……』

『アーキム……』

『おまえが倒れて、私は気が気ではなかった。公務も何も手につかない。それでも、まだ私は私自身の気持ちに気づいていなかった。これほど愚かだったとは、自分でも驚くほどだ』

しんみりした調子で言うアーキムに、悠斗はただ頷くだけだった。

もう気持ちは通じているのだから、多くの言葉は必要ない。でも、アーキムはまだ罪の意識を感じているらしく、心底悔しげに述懐を続ける。

『サージフに借りをつくりたくはなかったが、少しでもおまえの慰めになればとレンを呼んだ。だが、おまえがいなくなったと聞いた時、私はサージフを殺してやろうかと思ったぞ。具合の悪いおまえを、こともあろうに砂漠へと連れ出したのだからな』

『ごめんなさい。ぼくも考えなしでした。苦しくて、もう駄目だと思ったんです。いつか終わりが来ると思うと、気が狂いそうだった。あのままでは本当に駄目になると思って、それで漣さんに誘われるままになって……あなたをこんなに心配させるなんて、ほんとにごめんなさい』

悠斗はたまらなくなって、アーキムの胸に擦り寄った。

『おまえは何も謝ることはない。私が贈ったこの指輪、おまえは大切に持っていてくれたというのに、その真意にさえ気づかなかった。パリで出会った時にはもう答えが出ていたというのに、愛がなんたるかを知らなかった大馬鹿者は私だ。おまえを失うかもしれないという恐怖を味わって、充分にその報いは受けたがな』

アーキムは腹立たしげに言いながら、悠斗の左手を取って薬指に収まった指輪に口づける。

『アーキム……』

思わず名前を呼ぶと、さらに熱い思いが胸に溢れた。

愛の証だった指輪と一緒に、アーキムの愛も自分の元へと戻ってきたのだ。

『アルト』

それ以上の言葉は必要なかった。

アーキムはきつく悠斗を抱きしめながら、唇を塞いでくる。

「んっ、……ふ、くっ」

蕩けるように甘い口づけは、すぐに濃厚なものになっていった。

『これ以上は無理だな。おまえは身体が弱っているのに、この場で抱いてしまいそうだ』

ふいに口づけをほどかれて、悠斗は目を見開いた。

アーキムの青い目は、欲望でくすぶっているように見える。

初めて思いが通じたのだ。自分だって、皇子に抱かれたい気持ちは同じだった。

悠斗は恥ずかしさで顔を真っ赤にしながら、訴えた。

『ぼ、ぼくを……抱いてっ……抱いて、ください……っ』

体調がすぐれずに離宮でずっと伏せっていた時、何度もそうねだった。

でも、あの時は熱に浮かされていただけで、ほとんど無意識の行動だった。今ははっきりと自覚があるため、羞恥は底知れない。

けれど、長く待つことはなかった。

アーキムは我慢しきれなくなったように両腕を伸ばし、湯の中から悠斗の身体を抱き上げる。

『おまえが悪いのだぞ、アルト。私はおまえの身体を思い、我慢しようと思ったのに』

呻くように言うアーキムの胸に、悠斗はそっと顔を埋めた。

天幕の中の寝室には、高さがさほどない寝台が据えられていた。堆くクッションが積まれているので、床との境目も曖昧になっている。

その寝台まで悠斗を運んだアーキムは、自らも濡れたトーブを脱ぎ去った。

逞しい胸があらわになり、悠斗はいっそう心臓を高鳴らせた。

『アルト、加減できるかどうか、わからんぞ。それでもいいのか？』

飢えたように言われ、悠斗は迷わずこくりと頷いた。

『だ、って、抱いてほしいって言ったのは、ぼく、だから』

恥ずかしさを堪えてそう言うと、アーキムが極上の笑みを見せる。

そのままアーキムは悠斗の上に長身を伏せてきた。

改めて唇が塞がれて、甘いキスに酔わされる。

胸に手を這わされて、悠斗はびくりと身体を浮かせた。

口づけが解かれたとたん、思わず甘い嬌声がこぼれてしまう。

「ああっ、……っ、んっ」

『今日はくまなく全部可愛がってやろう。おまえのすべてが知りたい。どこでどんなふうに感じるのか、隠さずに教えてくれ』

『やっ、そんな……っ、ああっ』

言い訳する暇もなく、アーキムの唇が白い喉へと滑り下りていく。窪《くぼ》みに舌を当てられて、強く吸い上げられると、悠斗の身体は一気に高まった。

びくびくと身体を跳ねさせていると、アーキムの手が胸の粒を摘み上げてくる。

「ああっ！」

ひときわ強い快感が走り抜け、悠斗は奔放な声を放った。

アーキムの口はさらに下降して、ねっとりと胸の粒を舐められる。

『やっ、胸は……も、やだ』

切れ切れに訴えると、アーキムがやっと顔を上げる。けれどもそれはもっと恥ずかしい愛撫への前兆だった。

『胸はいやなのか。だったら下を咥えてやろう』

「えぇっ」

とんでもなくストレートな言葉に悠斗はかっと頬を染めた。

最初からすべては剝き出しで、感じていたのは隠しようがない。

キスだけで硬く張りつめた中心を大きな手でとらえられると、もうどうしようもなかった。

「ああっ」

あまりの恥ずかしさで悠斗は身悶《みもだ》えた。

するとアーキムは宥めるようにやわらかくそこを揉み込んでくる。

「やっ、ああ……ああっ」

悠斗が連続して声を出すと、アーキムは蜜を滲ませた窪みを、指先で引っ掻く。びくんと腰を浮かすと、今度は根元からゆっくりしごき上げられた。

『もっと力を抜いて足を広げていなさい』

『いやだ……、そん、な……恥ずかしいっ』

悠斗は必死に首を振った。両膝も反射的に閉じ合わせるが、アーキムにすうっと腰骨を撫で上げられただけで力が抜ける。それで自然と両足が開いてしまった。

『どうした、アルト?』

「やっ、ん……っ」

腰骨にあった手が再び中心へと動き、ゆるゆると撫でられる。

もどかしい動きに、悠斗はひときわ甘い声を放っていた。

アーキムは手であちこち愛撫を施しながら、すっと悠斗の下腹に顔を埋めてくる。

「やっ、ああ――っ」

生温かなものですっぽり咥えられた瞬間、悠斗はいちだんと高い声を放った。

高貴な皇子に咥えられている。それを自分の目で見てしまった悠斗は、いっそう羞恥と申し訳なさで震えた。

『あっ、ああっ、も、もう離し……っ、や、ああ――っ』

アーキムに咥えられていると思っただけで、どうしようもなく身体が高まる。
悠斗は悲鳴を上げながら、アーキムの口に欲望を吐き出した。
「うっ、う、く……っ」
あまりの申し訳なさで、悠斗は無意識に腰をよじった。
するとアーキムはその腰を片手で押さえ、空いた手を両足の付け根へと滑らせてきた。
たったそれだけのことで、吐き出したばかりの悠斗は、再度中心を勃たせてしまった。
直接握られたわけでもないのに、節操のない自分が本当に恥ずかしくて仕方ない。
けれどその羞恥を堪える暇もなく、アーキムの手が動く。
『私を楽に受け入れられるように、ここも丁寧に可愛がってやろう』
言葉と同時にアーキムの手が後ろにまわり、固く閉じた窄まりに触れられる。
「や、あっ」
びくっと腰を浮かすと、アーキムはゆるく微笑んだ。
『アルト、うつ伏せのほうが楽だ』
『いやです。うつ伏せは……』
『まだ体力が元に戻っていないだろう。後ろからのほうが楽に受け入れられる』
『でも、顔が見えないのはいやだから』
首を振って訴えると、アーキムは思わずといった感じで笑みを深くする。

ぎゅっと抱きしめられて、悠斗はこの上なく幸せな気持ちになった。

けれどアーキムはすぐに腕の力をゆるめる。

『後ろからするのがいやなら、足を開いたままで腰をもっと高くして』

「えっ」

『さあ、アルト』

アーキムは我慢しきれないように手を伸ばし、悠斗の足をつかんだ。膝を曲げられて大きく足を開かされる。その状態のままで腰を持ち上げられて、悠斗は目を瞠った。

こんな格好では、張りつめたものだけではなく、後孔まで丸見えになってしまう。

後ろ向きで腰を差し出す格好も物欲しげで恥ずかしいが、これだって同じだった。

なのに下腹に顔を埋めたアーキムは、もっとも奥まった場所を狙《ねら》っていた。

『やっ、何?』

あらわになった恥ずかしい窄まりにぴちゃりと舌を這わされて、悠斗は我知らず腰を震わせた。

「ひっ……ぁあ――ん」

たっぷり唾液を乗せた舌が、何度もそこを行き来する。

固く閉じた場所はアーキムの舌を歓迎するように、徐々にゆるんでくる。

アーキムは何度も窄まりを舐め、そのうち蕩けた中にも舌を挿し込んできた。

『いやだ……、っ、そんな、中まで……っ、いや、だ、駄目っ……だ、めっ』

悠斗はあまりの羞恥で激しく身悶えた。

それでも両足を高い位置でアーキムに押さえられている。その状態で動けば腰を揺らして催促しているのと同じだ。

節操のない自分が恥ずかしくてたまらないのに、舌で愛撫されるのが気持ちがいい。

アーキムに蕾の中まで舐められていると思うと、それだけでさらにひくひく反応してしまう。

「ああっ、ん……んっ、うぅ、くっ」

身体中が熱かった。アーキムの口で達したばかりだというのに、中心は痛いほど張りつめて、蜜を溢れさせている。

後孔への恥ずかしい愛撫でどれだけ感じているか、隠しようがなかった。

「あ、んっ……あぁ、あ……」

アーキムは散々悠斗を喘がせたあとで、ようやく口を離す。

腰を抱え直された時、悠斗はすでに蕩けきった目でアーキムを見つめるだけだった。

身体中が甘い痺れで犯されている。アーキムの舌で舐められた後孔は、熱く疼いていた。

『アルト、私を受け入れてくれ。いいな？』

『……は、い……』

息も絶え絶えで頷くと、アーキムに宥めるように頭を撫でられる。

けれど、開かされた足の間に、獰猛《どうもう》なものが押しつけられると、どうしても震えてしまう。

『おまえを愛している。二度とおまえを離さない』

「……あ、……」

あえかな吐息をつくと、アーキムが極上の笑みを見せる。

きれいな微笑に魅せられた瞬間、熱い灼熱の杭を突き挿された。

「あ、あぁ………ぁ」

どこまでも、熱いアーキムが進んでくる。

狭い場所を無理やり広げ、奥の奥まで傍若無人にねじ込まれた。

けれど、充分に蕩けさせられた場所は、やすやすとアーキムを受け入れる。

『アルト、これでまたひとつに繋がった』

アーキムは耳元で囁き、悠斗の身体をきつく抱きしめる。

悠斗はアーキムの首に両手をまわし、懸命にしがみついた。

『嬉しい……アーキム……っ』

アーキムは満足げに息をつき、それからゆっくり腰を揺らし始める。

「ああっ……あっ」

深い場所から波が押し寄せるように快感が生まれた。太いもので最奥を掻きまわされると、たまらなく気持ちがよかった。

『アルト、気持ちがいいか？』

『ん、気持ち……いい……っ』

『おまえだけだ。愛している』

『ぼくも……あなただけを……愛してます』

そう告げたとたん、アーキムの動きが激しくなる。

悠斗は揺らされるままに、愛するアーキムにしがみついているだけだった。

身も心も、最初に出会った瞬間から、すべてはアーキムのものだった。

そして今は、アーキムのすべても自分のもの。

一時は、愛されていなくともそばにいたい。

そんな悲愴な決心までしたけれど、今はただ満たされた幸せがあるだけだ。

これはアーキムと自分だけの運命の愛――。

パリで出会い、シュバールで再会し、熱砂の褥で愛し合っている。

悠斗はこれ以上ないほどの幸せに酔いながら、徐々に高みへと上りつめていった。

――了――

あとがき

こんにちは。秋山《あきやま》みち花《か》です。このたびは『皇子の愛妾～熱砂の婚礼～』をお手に取っていただき、ありがとうございました。

本書は『皇子の花嫁～熱砂の寵愛～』のスピンオフ作品になります。前回の合い言葉が「夏アラブ」だったので、今回は「秋アラブ」。攻め主人公のアーキムは前回もサブキャラで登場しているのですが、なんと秋山にとって初めての金髪のアラブの皇子様になります。今まで書いてきたアラブの皇子様は黒髪が多かったので、今回アーキムを主人公にできて、ものすごい達成感がありました（笑）。その金髪皇子様ですが、傲岸不遜というよりとても紳士的です。でも生粋の皇子様育ちなので、主人公の悠斗《はると》君はけっこう苦労してます。でも最後はお約束のハッピーエンド。結婚式まで到達しなかったのがちょっと惜しまれるので、あとがきのあと、らぶらぶショートを書きました。楽しんでいただければ幸いです。

美しいイラストを描いてくださったせら先生、担当様、編集部のY様、制作に携わっていただいた方々も、ありがとうございました。いつも応援してくださる読者様も本当にありがとうございました。また次の作品でもお会いできれば嬉しいです。

秋山みち花　拝

シュバール王国の皇太子・アーキム・ファイサル・イブン・アサド・アル・シュバールの一日は早朝から始まる。

先代のシュバール王の時代から、王宮での暮らしは万事が英国流だ。朝、目覚めてからベッドでモーニングティーを飲む。それが一日のうちでもっともゆったりできる時間だった。

しかしこの朝、密やかなノックの音で目覚めたアーキムは、すぐにベッドを抜け出し、内部のドアを使って隣室へと移動した。そして元どおりにドアをしっかり閉じてから、モーニングティーを運んできた使用人を廊下側から招き入れた。

手間をかけているのは、ひとえにアルトを起こさないための配慮だ。

アーキムは公務の前にもこなさなければならない用事をかかえている。だが、ベッドで紅茶など飲めば、アルトも一緒に起きてしまう。

アルトはもう体調不良は解消したと言い張っている。医者の意見も同じだったが、アーキムだけはそれを認めていなかった。

散々無理をさせたのだ。それに、一緒のベッドで休めばそれなりの展開にもなる。もちろん細心の注意を払って抱いているつもりだが、アルトの体調を管理するのは自分の務めだとアーキムは思っていた。

「殿下、本日は八時より朝食会がございます。列席者は……」

使用人と一緒に部屋に入ってきたカシムが、紅茶を飲むアーキムの横で一日のスケジュールを

読み上げる。昨夜砂漠から戻ったばかりなので、いつも以上に予定が詰まっていた。しかしアーキムは紅茶のカップをソーサーに戻し、軽く手を振ってスケジュールの変更を指示する。

「朝食会はキャンセルだ。集まってくるのは年寄りの親族だけだろう。益のある話題にはならない。放っておけ」

「は、かしこまりました」

優秀な側近は顔色ひとつ変えずに、頷いただけだ。

「それと昼食会のほうもキャンセルだ。私はしばらくこの離宮で食事を取る。国外に出るのもなしだ。そのつもりで今後の予定を組んでくれ」

「承知しました。しかし、すでに予定を入れてしまったものはいかがなさいますか？　キャンセルなされば、それなりの損失を被るものもございます」

「カシム、ここからがおまえの腕の見せどころではないのか？　私の代わりならサージフが務めるだろう」

「殿下、お言葉ですが、サージフ殿下は……」

珍しく口ごもったカシムに、アーキムはシニカルな笑みを向けた。

「レンを使えばいい。レンをうまく引っ張り出せば、サージフはいやでも引き受ける」

「では、そのように」

カシムが一礼して下がっていき、アーキムはそのあと朝の準備にかかった。

シャワーを浴びて着替えをすませ、二、三仕事を終えてから、時間を見計らって寝室へと戻る。

天蓋つきのベッドまで行くと、アルトはまだ気持ちよさそうに眠っていた。

ベッドの端に腰を下ろし乱れた髪をそっと梳き上げてやると、胸の奥からじわりと愛しさが込み上げてくる。

規則的に胸が上下し、ほんの少し開いた唇が甘く息をついている。白く繊細に整った顔は年齢よりも幼く見え、眠っているせいで澄んだ瞳が見られないのがなんとも残念だ。

行きずりで終わる恋だと思っていた自分が心底愚かしい。

これほど大切で、慈しんでやりたいと思った人間はアルトが初めてだというのに――。

「ん？」

アルトがそっとまぶたを開け、アーキムと視線が合うと同時に、ふわりと微笑む。

さらに愛しさが溢れ、アーキムも整った顔に笑みを浮かべた。

「起こしてしまったか？」

「いいえ、でもアーキムはずいぶん早かったんですね」

「いつも、六時には起きている」

短く答えると、アルトは驚いたように目を見開く。

「じゃあ、ぼくは二時間も寝坊してしまったんですか」

「大丈夫だ。おまえはゆっくり寝ていればいい。体調はどうだ？　つらいところはないか？　昨

夜も無理をさせてしまったかもしれない」

一度だけにするつもりが、アルトを三回も達かせてしまった。自らに対する反省も込めての問いだったが、アルトはよほど恥ずかしかったのか耳まで赤くする。

初々しい反応に、アーキムはたまらずアルトを抱きしめた。

だが、唇へのキスは我慢して、額に口づけるだけにする。そうしないと、またアルトをベッドに押し倒してしまいそうだ。

アーキムは未練を断ち切って、腕の中のアルトを離した。

「まずは紅茶を飲みなさい。私が運んでこよう」

そう言って立ち上がろうとすると、アルトが思わずといったようにスーツの袖をつかむ。

「そんな……っ、自分でやりますから」

「いい。おまえはまだここにいろ」

「でも」

「アルト、まだベッドから出るんじゃない。いいな?」

アーキムは、つまらぬやりとりを終わらせるように、厳しい声でぴしゃりと命じる。

さすがにアルトもそれ以上は反対しない。それでアーキムは、隣の部屋に用意してあったワゴンを自ら取りに行った。

優美なポットから紅茶を注ぎ、温めたミルクを合わせたカップをアルトに手渡す。

「あ、ありがとうございます」

申し訳なさそうに言うアルトに、アーキムはやわらかな笑みを見せた。

次には朝食を食べさせなければならない。アルトが紅茶を飲んでいる間に、アーキムは手早く朝食も取りに行った。

「さあ、アルト。朝食だ」

「すみません。朝食まで……あ、あの……ぼく、もう起きますからっ」

焦ったようにベッドから出ようとするアルトを、アーキムはやんわり押し戻した。

「いいから、そこにいなさい」

「でも、そんな……」

「ぐずぐずするなら、私が食べさせるぞ」

「えっ」

「そうだな。おまえの調子に合わせていたら、朝食だけで一日が終わってしまう」

アーキムはそう言って、ベッドのそばの椅子に腰を下ろした。

そして驚きで固まっているアルトの胸に白いナプキンをつけ、サイドテーブルに乗せた朝食のトレイからスープ皿とスプーンを取り上げる。

「さあ、口を開けろ。体力が衰えているおまえのため、特別に作らせた野菜スープだ」

だがアルトはふるふる首を左右に振る。

「アルト、早くしなさい。いつまで待たせる気だ？」

「ん……っ」

わざと厳しい声を出すと、アルトは気圧されたように口を開ける。

アーキムは大きく頷いてやりながら、アルトの口にスープを運んだ。

アルトは恥ずかしげに頬を染めたままだったが、案外大人しくアーキムに従う。

「さあ、今度はパンだ」

焼き立ての熱いクロワッサンを小さくちぎって与える。アルトはちろりと舌を覗かせながらそのパンを口にした。

可愛らしい舌だ。今は我慢するとして、夜にはまた思うさまあの舌を吸ってやろう。

頭を掠めたのは不埒な考えだ。しかしアーキムは微塵もそんな様子を見せずに黙々とアルトに食事をさせた。

今まで自分だけのペットを飼ったことはないが、犬好きや猫好きの気持ちがよくわかる。自らの手で愛玩する者の世話をするのがこんなに楽しいとは……。

ましてアルトは生涯をかけて愛し抜くであろう伴侶だ。

アーキムは心からの微笑みを向けつつ、アルトの世話に専念した。

こののちしばらくの間、カシムがスケジュール調整で死ぬほど奔走させられたのは言うまでもないことだった。

CROSS NOVELS

CROSSNOVELS好評配信中！

携帯電話でもクロスノベルスが読める。電子書籍好評配信中!!

いつでもどこでも、気軽にお楽しみください♪


QRコードで簡単アクセス！

とろける蜜月

「狂恋」番外編

秀　香穂里

幼馴染みであり同僚の敬吾と恋人になった優一は、蜜月生活の真っ最中。だが、仕事でウェディングドレスを着ることになり、欲情した敬吾にオフィスで押し倒されてしまう!?

神聖なる職場で、イケナイことなのに、身体は淫らに反応してしまい——。

電子書籍限定の書き下ろし短編!!

illust 山田シロ

秘蜜 – まどろみの冬 –

「秘蜜」番外編

いとう由貴

英一と季之の羞恥奴隷となった佳樹は、快感に流されやすい自分を恥じていた。だが、手練手管に長けた二人からの責め苦に翻弄されてしまう。そして今夜も、車内露出から非常階段での凌辱コース。いつ誰かに見られるかもしれないスリルに、身体は何故か昂ぶってしまい!? 大好評スタイリッシュ痴漢『秘蜜』の同人誌短編、ついに電子書籍に登場！

illust 朝南かつみ

おしおきは甘い蜜

「甘い蜜の褥」番外編

弓月あや

幼い頃から兄のように慕っていた秋良と結ばれ、花嫁になった瑞葉。自分のことを宝石のように大事にしてくれる秋良を愛おしいと思いながらも、ややエスカレートしがちな彼の愛情に、瑞葉は戸惑いを感じ始めて——!?

夫婦の営み、お仕置き、隠し撮り短編に、ちっちゃい「みじゅは」短編をプラス。『甘い蜜の褥』同人誌短編集第一弾、ついに電子書籍に登場！

illust しおべり由生

CROSS NOVELS **MOBILE**

空の涙、獣の蜜【特別版】

六青みつみ

山の主の人身御供にされたソラは、巨大な白虎と黒豹に組み伏せられ、凌辱されてしまう。白虎の珀焔、黒豹の黛嵐はソラの精を得て人型になるため、交替で彼らに抱かれることに。神獣達から求められ、次第に変化していくソラの身体。だが心は何故か、優しい黛嵐ではなく、自分に冷たい珀焔に傾いていた。ある日、敵対する胡狼と戦い傷ついた珀焔を治療するため、二人は宝剣に戻ってしまう。その留守を守っていたソラは胡狼達に捕らわれて――。

illust 稲荷家房之介

淫夢の御使い

「空の涙、獣の蜜」番外編

六青みつみ

神来山の神獣・珀焔の伴侶になったソラは、胡狼の襲撃事件によって身体と心に深い傷を負っていた。そんなソラを珀焔は優しく労り、大事にしてくれる。だが、以前のように乱暴に抱かれたい……淫らな欲望がソラを襲う。その欲望は、ある日現実となった。珀焔の姿をした別の輩に捕らわれ、触手のようなもので嬲られるうちに身体は快楽を得てしまい!?
大人気けもみみＢＬ『空の涙、獣の蜜』書き下ろし短編、ついに電子書籍に登場！

illust 稲荷家房之介

愛猫、家に帰る

「愛咬の掟」番外編

高尾理一

【商業未発表短編】ついに電子書籍に登場！
五虎会若頭・永瀬に服従を誓わされた刑事の夕志。「放し飼いの猫」扱いに反発しながらも、永瀬との関係はうまく続いていた。だが、ある日。永瀬の機嫌を損ねた夕志は、仕置きと称して泣くまであらゆるところを舐められてしまう。身体に教え込まれていた性感帯を焦らされて、淫らな夜は長く続き……。

illust 緒田涼歌

CROSS NOVELSをお買い上げいただき
ありがとうございます。
この本を読んだご意見・ご感想をお寄せください。
〒110-8625
東京都台東区東上野2-8-7　笠倉出版社
CROSS NOVELS 編集部
「秋山みち花先生」係／「せら先生」係

CROSS NOVELS

皇子の愛妾—熱砂の婚礼—

著者

秋山みち花

2013年10月23日　初版発行　検印廃止

発行者　笠倉伸夫
発行所　株式会社　笠倉出版社
〒110-8625　東京都台東区東上野2-8-7　笠倉ビル
[営業]TEL　03-4355-1110
FAX　03-4355-1109
[編集]TEL　03-4355-1103
FAX　03-5846-3493
http://www.kasakura.co.jp/
振替口座　00130-9-75686
印刷　株式会社　光邦
装丁　磯部亜希
ISBN　978-4-7730-8681-2
Printed in Japan